AF194289

Franziska König

Oase Ofenbach

Erinnerungen

Für meine geliebte Tante Antje
zum 82. Geburtstag

© November 2021 von Franziska König
Titelbild: Opa, beschienen von der warmen Oktobersonne, wird
von einem Geistgeküsst (mir)
Zeichnungen von Franziska König
Covergestaltung: Franziska König und Agentur Baumfalk Aurich
Herstellung und Verlag: BoD – Books on Demand, Norderstedt
ISBN: 9783755738176

Franziska (Kika) mit ihrer Violine – fotografiert von ihrer lieben Freundin Ute Bott aus Rottweil.

„Wenn ich dereinst verstorben bin, so schweigt auch meine Violine!" sagt sie.

Drum bringt Franziska alle vier Wochen ein schlankes bis vollschlankes Taschenbuch heraus.

Erzählt werden Geschichten aus dem wahren Leben, die von erhöhtem Interesse sein dürften.

Jeden vierten Dienstag um 18.05 wird das fertige Manuskript in die Umlaufbahn entsandt.

Die meisten Vorkömmlinge
finden sich im Personenverzeichnis
am Ende des Buches

Hier die Familie vorweg:

Opa, (*1909) Opa mütterlicherseits in Ofenbach
(Niederösterreich)
Oma Ella, (*1913) Omi väterlicherseits in Hessen
Buz (Wolfram), mein Papa (*1938) Professor für
Violine an der Musikhochschule in Trossingen
Rehlein (Erika), meine Mutter (*1939)
Ming (Iwan), mein Bruder (*1964)
Linda(lein), bezaubernde Kusine aus Amerika
(*1973)

Ein Buch ohne Vorwort.
Sie können gleich anfangen zu lesen…

Oktober 1999

Freitag, 1. Oktober
Ofenbach, Niederösterreich

Zunächst grau. Dann wunderschön.
Hie und da ein sahneweißes Wölkchen

Oftmals muß ich mich beim Aufräumen auf leicht verdrossene Weise darüber wundern, warum der Opa sich wohl *kein bißchen* Mühe gibt, den Tisch ordentlich und adrett zu hinterlassen wie ein normaler Mensch? Überall liegen aufgerupfte Schokoladentafeln herum, und die Tassen mit den erkaltenden Kaffeeresten summieren sich…

Mittags holte ich uns eine Mahlzeit im Gasthaus Turner am Fuße der hügelförmig in die Höhe gebuckelten Kalgasse: Die Schankstube war noch leer, und ich plauderte mit der 13-jährigen Wirtstochter Martina: Die Schulbildung, so erfuhr ich, wird jetzt in einen „braagdischen und einen deoreedischen Dääil" einen praktischen und einen theoretischen Teil aufgegliedert, was wohl bedeutet, daß der praktische Teil darauf hinzielt, daß viele Schüler bald von der Schule abgehen, weil sie der Meinung sind, das reale Leben spiele sich *vor* den Toren der Schule ab.

„Mein Bruder leidet darunter, daß er nur so kurz in der Schule war!" erzählte ich.

„Von mir aus kann er mich gern vertreten!" sagte die Martina.

Auch mit dem Gastwirt Turner selber verstand ich mich gut, da er heut auf der A-Seite stak, und in herzlicher Jovialitesse die kurzen Satzflickerln zu kleinen Melodien dehnend „Daaanke schön" und „Bitte schööön!" sagte. Ich freue mich immer so, wenn jemand auf der A-Seite steckt: Ob´s nun der Opa, der Turner, oder sonstwer ist. Spaßhaft hätte ich jetzt, so wie es Ute M*. an meiner Stelle wohl getan hätte, noch ein launiges „…oder Otto Normalverbraucher aus Hintertupfingen" hinzufügen können. *Eine Dame, die gerne in geflügelten Worten und vorgestanzten Humorismen spricht

Auf dem Heimweg wurde ich sehr nett von Ming abgeholt, und entwarf ihm sogleich mit den passenden Worten ein Szenarium, wie er morgen für die Martina in die Schule geht:

Leider handelt es sich beim Klassenvorstand um einen sauertöpfischen Niederösterreicher.

„Wer saaan jetzt Sie, bitte??!?" kläfft er Ming bedrohlich an.

„Oh, lassen Sie sich bitte durch mich nicht stören!" sagt Ming freundlich, „ich bin nur in Vertretung für das Fräulein Turner hier!"

Der Klassenvorstand verträgt aber keine Gaudi, tritt streng auf Ming zu, und langt sogar auf historisch-respektheischende Weise nach Mings Kinn, damit Ming ihm in die Augen blicken möge.

„Verloussn Sie SOFORT diesen Raum!" verlangt er barsch. Ming argumentiert noch ein bißchen herum und verweist auf den allgemeinen Wunsch nach flächendeckender Bildung in der Bevölkerung.

Schließlich landen sie beim Direktor, der gottlob ein gutmütig Gemütlicher ist.

„Loussn´s ihn doch dabääisitzen!" sagt er behäbig und beschwichtigend, „woann er wous lernen wüi!" Lassen Sie ihn doch dabeisitzen, wenn er was lernen will! *und dann darf Ming auch offiziell im Klassenzimmer sitzen. Die Kinder schauen ihn neugierig an, und geben sich mehr Mühe, weil jetzt ein Erwachsener unter ihnen sitzt.*

Morgens verlässt Ming mit einem kleinen Ränzl das Haus, und am Nachmittag sitzt er auf dem Dach, und macht emsig seine Hausaufgaben.

Am Nachmittag schlummerte der Opa in seinem roten Häubchen im gelbgepolsterten Sessel auf der Terrasse ganz geistesabwesend vor sich hin, und hat nichts essen mögen. Fast war es ein wenig so, als sei er bereits gestorben.

Zum Tagebuchschreiben setzte ich mich gerne in Opas Aura, und als der Opa nach einiger Zeit ins Wohnzimmer umzog, zog auch ich dort in seine Aura um, weil ich da viel besser schreiben kann.

Heute kam Post vom SOS-Kinderdorf.

„Ich will keine Post mehr!" sagte der Opa grämlich, „muß ma halt zurückschickö!"

Den SOS-Kindern mag der Opa jetzt als Moribunder nichts mehr geben, aber als ich neulich anbot, daß ich die Arbeit von „der Moser" (Opas Gedichte ins Reine zu tippen und verlagstauglich zu setzen) kostenlos übernehmen könne, sagte der Opa:

„Dann zahl´ sie trotzdem. Die braucht Geld!" da er einen Narren an der freudlosen Dichterin aus Wiener Neustadt gefressen hat.

Verzückt las ich einen Brief von Ute M., die im nächsten Jahr heiratet und eine Familie gründen will: „Ich fahre in doppeltem Tempo auf der Überholspur" und „frisch gewagt ist halb gewonnen!" (schrieb sie in jubilierendem Tonfall)

Opa & ich schauten gebannt „Aktenzeichen XY ungelöst". Wie es scheint, hat der Frankfurter Vorstadtwürger wieder zugeschlagen: Eine reife Blonde ging im Wald spazieren und kehrte nie wieder. Ermordet!
Zuvor war einigen Spaziergängern ein Herr mit furchterregender Ausstrahlung aufgefallen.

Abends kehrte Rehlein aus Aurich nach Ofenbach zurück.
Rehlein erzählte von ihren Schülern, und wie froh sie sei, daß der kleine Pascal mit seiner Deckelfrisur jetzt zu einer alten Dame gewechselt habe.
Pascals höchst plaudersame Mutti hatte erzählt, daß der Pascal eigentlich hochintelligent sei. Doch dies merkt man gar nicht.
Er sei schwierig, jähzornig, und ansonsten schweigt er.

Am Abend sagte Ming etwas Lustiges zum Opa. Er sagte: „Der Opa braucht bald einmal Ferien vom

Leben!" Und der Opa lachte fröhlich darüber, weil's
stimmt!

Samstag, 2. Oktober

Beim Ausflug etwas trübe und grau,
dann aufgelockert. Heiser verhangen und weißwölkig

Wir mußten uns früh erheben, da wir heut mit
unseren Nachbarn, den Vitzthums, zu einem Ausflug
hinwegstrebten. Ming nörgelte auf gemäßigte Weise
an mir herum, weil ich so langsam bin, und
außerdem hatte man vergessen zu bedenken, daß
Rehlein doch das Dalton-Syndrom hat. Die Neigung
beständig von höheren Mächten vom Pfade ihres
Tuns hinweggepustet zu werden.
Ich selber sei sehr pünktlich, erläuterte ich Ming,
bloß fuhr ich in diesem Falle als Trittbrettfahrerin
auf der Unpünktlichkeit der anderen mit.

Nach Art eines Ei´, das in einem an Obstipation
laborierenden Darme festsitzt, so daß es sich weder
vor noch rückbewegt, saß ich am Tisch, verzehrte
ein bleiches Brot mit glänzendem Nugataufstrich,
und hörte mir eine Erzählung darüber an, was Buz
doch für ein einfach gestrickter Mensch sei!
Unlängst habe er Herrn Berke bei einem Besuch
im „Twardokus" schon wieder Bratscherwitze
erzählt, grad so, wie schon beim letzten gemein-

samen Beieinandersitzen. Buzen geht´s mit dem Twardokus somit so, wie *mir* mit der Fritzibank.

Kaum laufe ich an dieser Bank, die auf einem malerischen Hügel in Ofenbach steht vorbei, so muß ich an den Fritzi denken, und erzähle Fritzigeschichten, da mir an dieser Stelle immer der Fritzi ins Bewußtsein gespült wird, und so geht´s Buzen im Twardokus mit seinen Bratscherwitzen.

Außerdem schaut Buz auf Seniorenart immer sehr darauf, daß er auch seinen Stammplatz erhasche, wußte wiederum ich lachend beizutragen.

Im Auto:

Ming, Rehlein und ich saßen hinten, Ming in der Mitte, und einmal nahm ich Rehlein über Ming hinweg bei den Händen, und malte uns aus, wie ein Liebespaar im Flugzeug die Sitze so ungeschickt reserviert hat, daß ein fremder Mensch dazwischen sitzt, und man dann eben *so* turteln muß…dauernd erzähle ich nur solche Dinge, und nie sage ich mal etwas Kluges oder gar Politisches.

Frau Vitzthum erzählte von Zwillingsschwestern aus ihrem Bekanntenkreis, von denen die eine schon einen Freund hat, und die andere sich glühend einen wünscht! Hie und da heißt´s: Heureka! Die große Liebe sei gefunden – während der junge Mann die stürmische Nacht bereits als einmalige Entgleisung für sich abgetan hat.

Bald schon waren wir an unserem Zielort angekommen und wanderten los. Rehlein erzählte plastisch und ausgeschmückt, sich in feinsten Details verästelnd, wie die Omi Ella als junge Mutter einen Brief an die wohltätig und gütig veranlagte Frau Neckermann in Frankfurt verfasst hat, in welchem sie das Talent ihres Sohnes auf der Violine offenbar in derart glühenden Farben schilderte, daß sich Frau Neckermann bereit erklärt hat, selbigen als Dauergast bei sich aufzunehmen, um ihn am Busen ihrer Wohltätigkeit zu nähren.

Ein kunstvoll formulierter Brief schien somit ausgereicht zu haben, Buzens Lebensweg in eine glanzvolle Richtung zu lenken? Genußvoll malte ich Ming aus, wie auch er eines Tages einen Brief bekommt, in welchem Folgendes zu lesen steht:

...Nach Lektüre des Briefes Ihrer Schwester bin ich nun der Idee anheim gefallen, Ihnen, statt des zunächst anvisierten Autos in Ihrem Bestreben wieder die Schulbank zu „drücken", nach Kräften unter die Arme zu greifen: Ich werde für Bücher, Hefte und Stifte aufkommen, und wenn ich mich recht besinne, müsste bei uns auf dem Dachboden sogar noch mein altes Ränzl liegen...

Mitten in einer Kirche, die wir besichtigten, verschwand Rehlein plötzlich spurlos, so daß ich gleich an den Frankfurter Vorstadtwürger denken mußte, der ja wohl kaum in Frankfurt angenagelt ist?

Ich merkte es daran, daß ich nurmehr die Vitzthums und Ming sah. Zunächst trösteten wir uns damit, daß dies doch ein sehr übersichtlicher Ort sei, doch ich war sehr in Unruh! Nach einer Weile ist dann auch noch Herr Vitzthum verschwunden. Das war mir in meiner Sorge aber ganz egal, und ich dachte gar: Wenn ich Rehlein nur wieder hätte, dann dürfte dafür auch noch die Frau Vitzthum gerne verschwinden…doch dann fanden wir Rehlein gottlob, und die Vitzthums waren mir dann auch wieder teuer, so daß ich es nicht so gern gesehen hätte, wenn die verschwänden.

Abends daheim:

Früher habe ich immer von der Terrasse aus durch´s große Fenster auf die Großeltern draufgeschaut, doch jetzt mag ich nicht mehr auf den greisen, mümmelnden Opa ohne die Oma draufschaun.

Wenn die Omi Mobbl jetzt auferstünde, so wäre noch fast alles beim Alten.

Sonntag, 3. Oktober

Meist wunderschön. Sehr herbstlich und erfüllend

Am Morgen ging mir der Opa mit seinem Gerotze und dem moribunden „Ach Gott!"-Gestöhn so auf die Nerven!

Bald darauf zwängte sich die Frage vor, ob ich nun mit Rehlein mitwandern solle oder nicht? Natürlich möchte man sich einerseits an Rehleins Beinkleider hängen, doch andererseits finde ich es ungut, wenn man nach Art Buzens die besten Jahre mit Spaziergängen und dem Buhlspiel verplempert. So begleitete ich Rehlein nur bis zum Gatter der Familie Czisy hinab.

Unterwegs war ich so begeistert von Rehlein. Ich fühlte mich wie ein strammes kleines Buzzewackele, das mit geballter Energie in seinem Gitterbettchen steht, und durch die Gitterstäbe schaut, und dies, obwohl Rehlein grade über IHR Thema sprach: Buz, und wie er oftmals mit den Gedanken ganz woanders zu sein pflegt, während er sich auf der Violine zu verbessern trachtet. Aber ich liebte meine Mama über alle Maßen, und gab sie, bildlich gesprochen, nur ungern aus der Hand.

Im Garten der Familie Czisy hatten sich volljunge Leute zwischen 39 und 51 Jahren (grob geschätzt) zur Herbstwanderung versammelt, und man stellte sich allgemein auf kumpelige, nette Weise mit dem Vornamen vor. (Später schilderte ich dem Opa bildlich, wie man sich vielleicht folgendermaßen vorstellt: „Kurt" „Ebenfalls!")

Obwohl man davon ausgehen durfte, daß Rehlein in guten Händen ist, fühlte ich mich doch in Anbetracht dessen, daß ich nicht mitkommen würde, ein wenig so, wie eine Tochter, die ihre Mutti im Altersheim abliefert und mit Blick auf die anderen Sahnehäupter womöglich sagt: „Hier findest du sicherlich rasch neue Freunde, Mutti!"

Ich kehrte zum Opa zurück, und brühte ihm einen Kaffee auf.

Zum Kaffeegenuß entfalteten wir die Zeitung und lasen, daß der Briefträger von Wiesmath beim Briefeausfahren tödlich verunglückt ist!

Der Opa summte ein kleines selbsterfundenes Gedicht vor sich her:

Sein Hinkebein, sein Hinkebein
muß wegem Reim das linke sein.

Montag, 4. Oktober

Trübe. Regnerisch

Rehlein erzählte von der Photographie im Arbeits-zimmer von Jan T., auf der die Köpfe seiner Lieben abgebildet waren, und Rehlein fand die kleine Paulette auf dem Bild so niedlich.

„*Du* merkst das!" sagte Mutti Alma, die das Bild einst auf dem Schreibtisch aufgestellt hatte, dankbar. Aber ihr Mann hat es nie bemerkt, und hat überhaupt Zeit seines Lebens kein großes Aufhebens um die Paulette gemacht, weil sie ja schon die dritte im Reigen seiner Töchter war.

„Aha, *daher* rührt Paulettes Hunger auf ältere Herren!" rührte ich gleich eine Diskussion an.

Abends besuchte ich meine Freundin Susi:

Die Susi wirkte heute bleich und käsig und strahlte schwangerschaftsbedingt etwas matt-müdes aus, was vielleicht aber auch am Nikotinentzug liegen könnte?

Ich erfuhr, daß sie einen Chromosomentest hat machen lassen. Der Test ergab, daß das Baby ein Mädchen, aber dafür gesund wird – und das, wo die Susi auf keinen Fall eine Tochter haben wollte! Dies ohne zu wissen warum? Vielleicht, weil es die Frauen im Leben einfach schwerer haben, und dem Manne untertan sein sollen?

„Besser als umgekehrt!" sagte ich aufmunternd. Ich schaute die ganze Zeit auf die bleiche Susi mit dem leicht gehärmt wirkenden Gesicht drauf, in dem sich so viel ehrliche Anteilnahme an meinem beruflichen Werdegang spiegelte.

Hernach erzählte sie mir, daß die Schipfler Christa bei der vierten Chemo beinah gestorben wäre, und bei der fünften stirbt sie dann womöglich ganz?

Bedrückt begab ich mich auf den Heimweg.

Zu später Stund:

Auch Mobblns Nachthemd, in das ich zu steigen plante, starb. Der Stoff brach…. Und daß ein Kleidungsstück einfach sterben kann, so wie ein Mensch, war mir gänzlich neu.

Dienstag, 5. Oktober

Vormittags sonnig. Herbstlich intensiv.
Dann wurde es aber ganz dunkel,
weil die Gräue der Wolken ebenso intensiv war.
Neblig trübe wie in den Bergen

Wir sprachen über den Leichenbestatter, der Mobblns Sarg geliefert hat. Er und seine Angestellten tragen immer den passenden Gesichtsausdruck zum Unvermeidlichen, und ich walzte die Geschichte ein wenig aus, indem ich bildhaft schilderte, wie er einst in der Schule, als er noch der kleine Waldbauernbub war, immer schon so eine Miene draufgehabt hat. Der Lehrer habe gesagt – und ab hier klang die Geschichte von meinen Lippen so, als habe sie sich wirklich und nicht anders zugetragen - : „Gerhard, bei deiner Leichenbittermiene, solltest Du vielleicht Leichenbestatter werden?"

„Wir besuchen ihn mal in seiner Werkstätte, und sagen, der Opa möchte probeliegen!" schlug ich vor.

Heute tippte ich drei Gedichte vom Opa in den PC hinein. Rehlein wurde sehr vergnügt davon und regte an, daß ich, wenn ich mal keine Konzerte habe, doch herkommen, und alle Gedichte gegen Bezahlung eintippe? Doch von meinem eigenen Opa will ich mich nicht bezahlen lassen, und dann dachte ich wieder an die Moser, die am Telefon mit jammerndem Untertone gesagt hat: „Letzte Wouchn hob i mir noch die rechte Hand ´brouchn, und die Orbeit geht nurmehr hoib so schnöi! – ich berechne Eana nadürlich nur an hoibn Brääis!"

Letzte Woche hab ich mir die Hand gebrochen, und die Arbeit geht nurmehr halb so schnell. Ich berechne Ihnen natürlich nur den halben Preis.

Der Opa war heut etwas agitiert, in jenem Sinne, daß er sich so gerne nützlich gemacht, und etwas Sinnvolles getan hätte, bloß was?! In vieler Hinsicht ist er aus der Übung gekommen, und die Tätigkeiten, bei denen er noch von Nutzen sein könnte, beschränken sich auf´s Dichten, Äpfel- oder Nüsse auflesen, und die Post hereinzutragen.

Sogar auf die „Lindenstraße" verzichtete ich, um mit dem Opa ein wenig auf der Kalgasse zu promenieren. Es war aber ungemütlich und nieselig, und der gebeugte Opa erzählte mir wenig Freudvolles: Daß die Bauernbuben früher so roh waren! Man hat sich immer nur gehauen, und was anderes kannte das rohe Pack überhaupt nicht…"
„nicht fähig zu einer echten Freundschaft!" sagte der Opa enttäuscht.

Rehlein schrieb dem Rainerbuben einen Früchtebrotbrief zum Geburtstag, und der Opa telefonierte mit dem Onkel, der sich durch den Draht so nett anhörte wie Onkel Dölein.

Der Rainer sagte mir am Telefon, daß er die Verwandten in Europa nie vermissen würde. Ich fand das kränkend, und auch wenn´s vielleicht stimmt, empfinde ich solch plumpe Ehrlichkeit als quälend, denn wer lässt sich schon gern mitten ins Gesicht sagen, daß er nicht vermisst wird?

Mittwoch, 6. Oktober

Morgens sonnig. Dann grau und ernst bewölkt

Ich machte Ming vor, wie es damals wohl gekommen wäre, wenn wir in Taiwan geblieben wären: Wenn der Opa anriefe, würde ich mit chinesischem Akzent sagen: „das Oooma – schaaad!" doch es wäre dann mehr aus Höflichkeit, da wir durch die lange Zeit des Nichtgesehenhabens den Draht zu den Großeltern im Strudel des Lebens verloren hätten, so wie es dem Rainerbuben mit uns ergangen ist.

Es gab bleiche Zwirbelnudeln und köstliches Rotebeetegemüse, von Rehleins zarter Hand kunstvoll zubereitet. Der Opa sah aus, als hätte er sich mit Lippenstift verschönt, und Ming und ich mußten darüber lachen, daß Rehlein sofort unnatürlich ausschaut, wenn man den Fotoapparat auf sie richtet.

Wir sprachen über den Onkel Rainer, von dem man nicht einmal weiß, ob er überhaupt jemals wirklich verliebt war? Eigentlich war der Rainer eher ein Typ, der nie zuhause war – präsent und apräsent zugleich, so wie es viele Ehemänner sind: Präsent z.B. in Form ihrer müffelnden Socken, die gewaschen werden wollen.

Später modulierten wir zu Rainers Enkelin Maika hinüber: Wir stellten uns vor, *wie sie mit 14 Jahren von zuhause abhaut. Erst zehn Jahre später kommt eine Karte, worauf in dürren Worten zu lesen steht, daß es ihr gut ginge, und man sich keine Sorgen machen möge.*

Überall liegen meine angebissenen Äpfel herum. Immer wenn ich daran vorbeilaufe, beiße ich hinein, und wenn dann der ganze Apfel weg ist, dann ist eine Mikrosekunde der Ewigkeit verstrichen!

Das brachte mich auf die Idee, das Leben vollkommen neu zu gestalten: z.B. in jede Ecke des Hauses einen Blatt Papier mit einem angesetzten Brief zu legen, und wenn man dran vorbeiläuft, einfach ein paar Worte hinzuzuschreiben – so, wie ich halt immer in die Äpfel beiße?

Rehlein erzählte, daß sie langsamer geworden sei: Früher brauchte sie zwanzig Minuten um einen Apfelkuchen zu backen, und jetzt sind´s schon eineinhalb Stunden! Ich regte an, daß man eine Liste anlegen solle, wie lang man früher für etwas gebraucht habe: Klogang, Telefonat etc….

Ich fand einen Brief, den der Opa vor vielen Jahren aus Taiwan an die Mobbl geschrieben hat:
Detailliert schilderte er darin, was wir Kinder gerade übten: Der Iwan spielt die Mozart Sonate Nummer 12, schrieb der süße Opa, und die Kika im zweiten Stock die Romanze in F-Dur von Beethoven.

In „Hallo Deutschland" wurde heut vom Prozessauftakt gegen den Sägemörder berichtet.
Der Sägemörder gab sich vor dem Richter reuevoll zerknirscht und sprach immer sehr leise, so daß er wiederholt ermahnt bzw. auch freundlich gebeten wurde, bitte etwas lauter zu sprechen. Dann sprach er ganz kurz etwas lauter und verfiel bald wieder in ein undeutliches Murmeln, grad wie ein defekter Televisor.
Ich lenkte die Rede darauf, daß Mobbl eigentlich immer so interessante Briefe geschrieben habe: Alle anderen ergingen sich in Landschaftsschilderungen oder schrieben über´s Wetter, und bloß die Mobbl schrieb spannend, was die Mitschka oder die Mäme wieder Unmögliches gemacht habe, oder wie ihre Schwiegertochter mal wieder unreif war…
Rehlein sah heute so bezaubernd aus.

Vor- und Nachmittags zärtlicher Sonnenschein.
Dazwischen war der Himmel mattblau
und mit Wolken übersät

„Die Sonne hat den Tag schon angesengt!" sagte
der Opa am Morgen gleichsam poetisch und müde.

Zum Frühstück las Ming die sehr lebendigen
Briefe vor, die der Opa im Jahre 1973 an Mobbl
geschrieben hat. Der Opa schrieb so viel und
begeistert von uns, und man spürte zwischen den
Zeilen die freudige Erwartung, uns bald durch
Mobblns Sinne wie neu erleben zu dürfen.

Jetzt aber - nur 26 Jahre danach - saß der Opa, wie
einst die Uroma am Tisch, mümmelte sein
Gnadenbrot, und verstand „koi Wort".

Einmal sagte der Opa rührend zu Rehlein: „I bin
halt vergreist!"

In den Nachrichten hörten wir, daß 1, 3 Millionen
Österreicher den Haider gewählt haben.

Ich erzählte, daß die japanischen Schwiegereltern
von meinem Kommilitonen Stephan Y. immer so
nett sind, so daß er sich nicht scheiden lassen kann.

Seine Frau ist zänkisch und unerträglich, wie
andere Ehefrauen auch, aber die Schwiegereltern
sind so entzückend und höflich. Beim Empfang am
Flughafen Narita bekam der alte Schwiegervater
Tränen der Rührung in die Augen, weil er hoch-
romantisch sei.

Dann lebte Stephan Y. ein halbes Jahr lang bei seinen Schwiegereltern in Tokyo, und dort war´s schön wie im Paradies. Die Schwiegermutter brachte ihm morgens Tee ans Bett, sie wärmte ihm die Wäsche vor, und ließ ihm abends ein Bad ein. Doch der Japankundler weiß natürlich, daß ein Bad in Japan nicht einfach nur ein „Bad" ist: Man steigt in ein sog. „Ofuro", einen Badezuber, der höchsten Sitzkomfort garantiert, und lässt sich gegebenenfalls von zwei Schönheiten einseifen, unterhalten und massieren.

Jeden Tag gab es Sushi und viele andere, hierzulande unbekannte Köstlichkeiten.

Stephan Y. machte es sich zur lieben Gewohnheit, seine Schwiegereltern einfach so, und völlig grundlos zu besuchen, und vielleicht ist er der einzige Mann den man kennt, der sich bei den Schwiegereltern fröher fühlt als bei seiner Frau?

Ming berichtete, daß die Mutter von Rudolf H. sich als unbequeme Schwiegermutter entpuppt hat. Sie sei sehr kontrollierend. Doch was soll man tun, wenn man so eine unreife Schwiegertochter hat?

Mings Drucker führte plötzlich einen Veitstanz auf und war nicht mehr zu bremsen, weil mit dem Computer ja praktisch immer etwas im Unlot ist. Er zerknüllte die Papiere und spie sie angewidert, fauchend und ungezogen wieder aus.

Freitag, 8. Oktober

Herbstlich sonnig

Immer wenn der eilige Ming, der beständig am Rumorganisieren ist, ins Zimmer kam, brachte er einen kühlen Hauch mit. Einen Hauch von leichter Verärgerung und Befremdung.

Im Auto ging's darum, daß Rehlein glaubt, Ming wisse nicht, was er wolle.

„Was redest du da?" sagte Ming konsterniert, und in einem Tonfall, der besagen sollte, daß *Rehlein* nicht wisse, was sie da rede!

Rehlein sagte mal so süß zu Ming: „Ich wollte Dich ein bißchen amüsieren!"

Am Bahnhof ließen wir Rehlein einfach im Auto zurück.

Beim Kartenkauf raunte ich Ming zu, daß er sich Rehlein gegenüber zuweilen unschön benähme.

„Dann muß ich netter werden!" sagte Ming sehr nett, denn wenn man dann verreist und sein bespötteltes, oder scheinbar belehrungsbedürftiges Gegenüber nicht mehr sieht, zerfällt alles Negative zu Staub, Zerknirschung macht sich breit, und jetzt konnte Ming seine Fehler gar nicht mehr ausbügeln, weil Rehlein im Auto sitzen blieb und nicht nachkam.

Der durmelige Opa wurde von Rehlein zum Milchholen ausgesandt, und ich lief ihm hernach entgegen. Schon von der Ferne sah ich, wie er am

Fuße der Kalgasse mit dem Gehstock in den Nüssen herumstocherte, und eilte freudig auf ihn zu.

Ich erfuhr, daß Opa und Mobbl sich heute vor 66 Jahren verlobt haben.

Daheim lag ein Brief von Onkel Dölein im Briefkasten, und hernach hielt der Opa die Briefbeute so rührend erfreut in seiner warmen Greisenhand.

Einmal frug Rehlein den Opa, seit wann er denn so huste, und der Opa sagte: „Schon mei Muddr hat immer g´sagt: Da ist er ja wieder, der alte Huster!"

Samstag, 9. Oktober

Graumeliert

Ich schrieb Mobblns altem Freund Heinz-Werner Zimmermann, von dem es heißt, er sei spitz darauf, daß wir nächstes Jahr zu seinem 70. Geburtstag ein äußerst kniffeliges Streichquartett von ihm aufführen:

„Ich würd´s ja gern machen, bloß bin ich immer so entsetzlich müüüd! Es handelt sich dabei nicht um die natürliche Müdigkeit, die einen nach einem arbeitsamen Tag befällt, sondern um ein narkotisches Gemisch, das sich in meinem Inneren ausgebreitet hat und nicht mehr weichen will. In der Nacht schlafe ich zuweilen so tief, daß es direkt scheint, als sei ich *jetzt* schon leicht verstorben, oder zumindest so, als habe die Seele den Körper bereits größtenteils verlassen, denn ich spüre meinen Körper überhaupt nicht mehr! Am nächsten Morgen bin ich dann aber keineswegs ausgeschlafen, wie man doch wohl meinen müsste, sondern fühle mich wie „von Vampiren ausgesaugt"!

Wir erfuhren, daß der junge Bauernsohn Hansi Rosinger ein Glück gehabt hat, denn dort, wo er baut, hat´s so geregnet, daß ihm beinah sein Rohbau hinweggeschwemmt worden wäre! Ein anderer Herr hatte weniger Glück: Das ganze Haus ist weg!

„Das kann uns net passierö?" vergewisserte sich der Opa, und ich fädelte mich dahingehend ins Gespräch ein, daß das Unglück als Solches doch förmlich in der Luft läge. Den Einen ereilt ein Erdbeben, den Anderen eine Überschwemmung – und das müsse leider auch so sein: Für die Zeitungen nämlich. Allein von Silberhochzeitsmeldungen könnten die Zeitungen nicht leben.

Spaziergang auf dem Kalgassenbuckel bzw. der Kalgassenpromenade mit dem Opa:

Der Opa erzählte mir, wie er früher auf einem simplen Rad nach Spanien geradelt ist. Ab und zu schnürte er sein Rad heimlich an einen Lastwagen an, um zügig mitgenommen zu werden. Mitunter wurde er aber auch erwischt und mußte saugrobe Worte über sich ergehen lassen.

Ich wollte wissen, ob die Irene überhaupt wisse, daß sie nicht vom Walpersberger gezeugt sei? Dadurch, daß sie den Walpersberger doch gar nicht mochte, wäre es womöglich Balsam für ihre Seele, wenn man sie darauf hinwiese?

Wir rufen an und sagen: „Irene, das tollste Geburtstagsgeschenk kommt nämlich erst: Wir haben Deinen leiblichen Vater ausfindig gemacht. Heut abend in „Laß Dich überraschen!"

Angeblich habe die Ilse in Frankreich auf einem Jahrmarktsplatz mit einem fröhlichen französischen Scherzkeks angebändelt, so heißt´s hinter vorgehaltener Hand. Wenns denn aber so wäre, dann flösse in Irenes Adern kein Tropfen österreichisches Blut – flocht ich ein – und dennoch gibt sie sich österreichischer als die allerösterreichischste Österreicherin.

Sonntag, 10. Oktober

Hellgrau bedeckt.
Nur am Nachmittag zeigte sich zuweilen
ein zärtliches Lächeln am Himmel

Ich besuchte die Irene, und brachte ihrer Tochter Johanna einen selbstgebackenen Kuchen zum 13. Geburtstag.

Die Flora lag auf einer staubigen alten Decke in ihrem Körbchen. Ich erfuhr, daß die Flora nächstes Jahr schon zehn oder elf Jahre alt wird.

„Sie ist schon so alt, und bellt immer nur dasselbe!" scherzte ich.

Dann verabschiedete ich mich wie ein hochangenehmer Gast recht bald und zog weiter – nach Hause. Am Wirtshaus wackelte mir der Opa entgegen, den das umsichtige Rehlein losgesandt hatte, mich abzuholen.

Der tütelige Opa hatte aber vergessen, in welcher Mission er unterwegs sei, und wer ihn losgeschickt habe?

Der Artus steckte seinen Kopf aus dem Gatter, doch von einem kleinen Pekinesenknäuel in einiger Entfernung war er so fasziniert, daß er mein zartes Streicheln über seinen Kopf fast buzartig absorbiert über sich ergehen ließ, weil er gebannt den Dialog mit dem anderen Hund suchte.

Der Opa frug nach dem Gemeindeblättle, weil er lesen wollte, ob die Mutti nicht doch vielleicht noch lebt?

Montag, 11. Oktober

Schön. Altweibersommerlich,
nur am Abend herrschte fast eine Gewitterstimmung

Draußen in der Sonne stutzte Rehlein Opas Bart, und wie man weiß, liebt der Opa Fotos, auf welchen ihm der Bart geschoren wird, und sandte nach mir, auf daß ich ein Foto schösse. Als ich dann allerdings kam, und dem greisen aber warmen Greisen einen Kuß auf die Ohrspitze gab, war der Opa schon wieder in einen Schlummer verfallen.

Später schlief der Opa auf seinem Bett, eingemurmelt in unsere bunt gezackte Decke und atmete nur noch ganz leis, so daß ich nochmals nach ihm schauen mußte.

Rehlein erzählte so bannend von jenem Jahr in dem wir einst in Bühlertal lebten: Im Untergeschoss wohnten Yossi, Eichert und Sabine, und der reinlichkeitsliebende Eichert pflegte jeden Tag eine ganze Stunde lang zu duschen, weil er sich nicht von dem heißen Duschstrahl trennen konnte.

Sehr gerne ließ man sich von Rehlein bekochen und verwöhnen. Bloß als es dann ans Umziehen ging, war niemand mehr da, der Rehlein ein wenig hätte behilflich sein können!

Ein deutscher Arzt, der in Amerika lebt, hat den Nobelpreis für Medizin bekommen, doch die 1,8 Millionen möchte der engagierte Mann für den Wiederaufbau der Dresdner Frauenkirche spenden.

Abends sprachen wir über die verstorbene Omi Mobbl, die von früh bis spät überall fehlt.

Der Opa sagte: „Im Moment bin i nur traurig!"

Dienstag, 12. Oktober

Quellwolken

Am Morgen hatte ich das Gefühl, äußerst packend geträumt zu haben, doch als ich dann auf den Füßen stand, verkapselte sich mein Traum, wurde kleiner und kleiner, und mir gelang's nicht mehr, ihn einzufangen – ein bißchen so, als fände dieser Traum aus einer anderen Dimension in der hiesigen keinen Halt. Ich hab mich aber trotzdem gern erhoben, weil's draußen ein solch graues Schultagswetter herrschte, bei dem mich stets ein so anregendes Gefühl der Normalität zu erfassen pflegt:

In Millionen Haushalten erhebt man sich. Bleiche und graue Muttis schälen sich aus dem Bettgehäuse um Pausenbrote zu schmieren. Verschlafen, zerdurmelt und sauertöpfisch tritt man dem Alltag entgegen.

Rehlein hatte heut leider eine katastrophale Nacht verbracht: Irgendwelche Gedankenkonglomerate hatten sich in Rehleins Hirn festgesaugt, um sich dort wie ein Mühlrad zu drehen. Mir wurde es ein wenig arg, wie dicht das Gewebe an Leiden gestrickt ist, das einen umgibt, und mit den Jahren immer näher zu rücken scheint?

Nach einer Weile wurde der Opa wach, und immer wieder sah man ihn mit seinen rührend dünnen Spinnenbeinchen in den abgewetzten Pantoffeln herumschlurfen. Das Gesicht zu einem Fragezeichen verknautscht.

Wieder tippte ich mit viel Freude und unter großen Erheiterungsschwäppen Opas Gedichte ab. Viele schienen mir aber auch so ernst und moralisierend – bittere Klagelieder auf die Gesellschaft - und wollten nicht so recht zu der humorigen Introduktion passen.

Langer Spaziergang mit Rehlein:
Unterwegs philosophierte ich darüber, daß im Alter, auch wenn man an Gabelungen des Lebensweges andere Pfade eingeschlagen hätte, wohl trotzdem eine saure Bilanz auf einen warte, da das Leben fast immer auf saure Bilanzen hinzielt.

Einmal verschwand der Opa zum Briefkasten, in welchem seit kurzem ein kleiner Ohrwusler wohnt, und als er zurückkehrte hielt er in seiner alten welken Hand zwei nahezu identisch ausschauende Briefe vom Beätchen: Einen an ihn und einen an mich.
Die süße Tante Bea hat sich so sehr über meinen Brief gefreut, daß sie (vergebens) versucht hat, das Blatt zu zerteilen, weil sie gehofft hatte, es verbergen sich vielleicht zwei Blatt in einem.

Mittags kochte Rehlein, und ich aß mit größter Begeisterung einen ganzen Teller Spinat, da ich schon als ganz kleines Kind Spinat und Erbsen liebte. (Weil sie grün sind – die Farbe der Liebe!

(dachte ich damals)). Die Farbe der Unreife (weiß ich heute)

Abends rief mich die Veronika an, um zu verkünden, daß sie nach Pforzheim führe.

Ich erzählte der Veronika die Geschichte vom Aurasauger. Eine Geschichte, die einmal in einer Scherzsendung bei RTL gesendet wurde. Brave Bürger wurden auf köstliche Weise zum Narren gehalten. Doch hört selber:

Auf einer Esoterikmesse bot jemand einem vorbeischlendernden Ehepaar einen Aurasauger feil: Er schaute aus wie ein ganz normaler Staubsauber, war allerdings zehnmal so teuer – und doch jede Mark wert, wie der Verkäufer glaubwürdig zu versichern verstand. Ein Mensch mit einer gesaugten Aura hat einfach eine viel höhere Sogwirkung auf seine Mitmenschen, und wird demgemäß viel eher befördert. Ganz automatisch knüpfen sich wichtige Kontakte, die Karriere und Aufstieg nur förderlich sein können.

Man sah, wie es in der Frau arbeitete, während aus dem Gesicht ihres Mannes gesunde und belustigte Skepsis herauszulesen war. Der Verkäufer besaugte das Ehepaar gekonnt.

„Sie müssten bereits jetzt etwas spüren!" beschwor er mit Worten Gefühle hin.

„Ja, doch....ich glaub´ i spür schon ö Veränderung!" sagte die Frau.

Wenig später wurde der Späßlein gelüftet, und die Frau war so süß verlegen. Ihr Mann lachte laut und erheitert…

Ich redete mich in Glut, daß die Veronika sich einen Aurasauger kaufen solle, wurde immer lustiger und malte uns Szenarien aus: Früher stand die Veronika in den Orchesterpausen oftmals ganz abseits, weil ihr das oberflächliche Gewitzel der Kollegen nicht so recht taugen wollte, und kein Mensch schien sich für sie zu interessieren? Doch wenn sie dann ihre Aura gesaugt hat, fühlen sich alle magisch zu ihr hingezogen. Alle streben zu ihr hin, und wollen eine Plauderei in Gang setzen, und sogar der Dirigent, der auf Künstlertypenart normalerweise Abstand zu den simplen Tuttischweinerln hält, lädt sie generös zu einer Tasse Kaffee ein. Ich wurde immer vergnügter, und erzählte die Geschichte Rehlein.

„Das find ich so lustig!" rief ich aufgequirlt und quoll mehrfach wieder hinter der Tür hervor, um noch ein wenig mehr daran herum zu erzählen.

„Erzähl´s dem Opa!" rief ich, als ich mit Rehleins Einkaufszettel zu Billa strebte, „da lacht er!"

Mittwoch, 13. Oktober

Weißwölkig

Wir schauten „Ehen vor Gericht":
(Dorneck gegen Dorneck)

Der Schluß war höchst dramatisch, denn Herr Dorneck erschoss zunächst seine Frau, und hernach sich selber. Von der Handlung die zu diesem blutigen Finale führte, hat man jedoch nur wenig mitbekommen, da Rehlein nahezu ohne Punkt und Komma über Buz und seine Sünden referierte, so daß man sich bang fragen mußte, ob Rehlein nicht vielleicht *nur* die negativen Erfahrungen aus dem komplexen Eheleben heraus destilliert, und gedanklich ununterbrochen daran herumknabbert?

Dann sprachen wir davon, wie´s wohl sei, wenn der Opa mal verstorben wäre?

Rehlein möchte über dererlei gar nicht nach-denken, denn als Rehlein klein war, mußte ihr der Opa ständig versprechen mindestens hundert Jahre alt zu werden. – Wenn´s denn aber mal so weit sein sollte, dann möchte Rehlein nicht gleich zu Buzen zurück, sondern ersteinmal Urlaub machen. Vielleicht bei der Beate – obwohl es Rehlein mit der Bea auf geschwisterlicher Ebene ähnlich geht wie mir mit Ming? Die Bea referiert am liebsten über Organisation, belehrt in verdeckter Arrogäntlichkeit Rehleins früchtebröternem, reichen Innenleben gegenüber herum, und versteht im Grunde *gar nichts!*

Bald darauf sandte mich Rehlein zum Milchholen aus. Die Bauerstochter Martina vom Rosingerschen Hofe scheint die grantig-nörglerische Ader von Omi Antonia geerbt zu haben? Wann immer ich an ihr vorbeilaufe, nörgelt sie grad eines ihrer beiden kleinen Kinder an. So auch heut.

Ich lief so nett durchs Dorf, grüßte alle Leute mit einem warmen Lächeln, und doch malte ich mir auf dem Heimweg aus, wie ich mich auf diesem Wege in Luft auflöse, indem ich nämlich einfach nicht mehr nach Hause komme.

Zur Mittagsstund´ beginnt Rehlein sich zu wundern, zumal ich doch vorhatte, mich zu sputen, um rechtzeitig zum Todesschuss in meinem Ehedrama wieder daheim zu sein.

Rehlein ruft bei Breitschings an, und erfährt, daß ich dort nie angekommen bin…

Beim Üben dachte ich mir aus, *wie ich in Kassel vielleicht von irgendwelchen Kollegen zum Streichquartettspiel angeworben werde? Jeden Mittwoch zwei Stunden lang, und vor Mucken auch mal Sonderschichten am Wochenende. Meine Mitspieler spielen scheußlich und proben langweilig – doch wenn ich nicht mitspiele, dann werde ich vielleicht gemobbt?!*

Und dann dachte ich mir aus, *ob ich mir vielleicht ein Abbo für die Kasseler Meisterkonzerte erwerbe? Einmal im Monat sieht man mich dann im Konzert sitzen und beispielsweise dem Duo Percatore lauschen?*

Den Opa liebte ich heute unglaublich, weil er, als ich nach der zweiten Übschicht ins Wohnzimmer trat, so rührend gesagt hatte: „Kikalein, ißt du auch regelmäßig deine Äpfel?"

 Ein roter Faden in Opas Leben – mein Apfelkonsum.

Der Opa lenkt die Rede oftmals auf die Äpfel in dem verwunschenen Garten nebenan, und pochte ein wenig drauf, daß man diese Äpfel bald abzupfen, bzw. die bereits Herabgefallenen auflesen solle. Rehlein meinte jedoch, dies sei gefährlich, denn wenn dem Opa ein Apfel auf den Kopf fiele, so heiße es womöglich: „Exitus!"

Ich fänd´s auch schad, wenn der Opa jetzt von einem herabfallenden Apfel erschlagen würd´, denn dann würde man ja nie erfahren, wie alt er geworden *wäre*! Und auf dem Heimweg vom Joggen schien´s mir immer so, als wäre der Opa heut beinah von einem Apfel erschlagen worden.

Abends las ich sieben Witze aus der „Ganzen Woche" vor, und freute mich, daß Opa und Rehlein je siebenmal gelacht haben!

Dann machte ich vor, wie´s wohl wäre, wenn ein Herr und eine Dame sich beim Essen in einem Lokal gegenübersäßen, und beiden nichts zu reden einfällt.

Plötzlich imitiert der Herr völlig überzogen und hinzu laut wie eine Kuh die Schmatzgeräusche der Dame.

Ich stellte mir vor, wie anstrengend es wäre, in meinem Alter noch die Bekanntschaft eines Herrn zu knüpfen. Wie man zum tausendsten Male darauf herumkäuen muß, daß ich Geigerin von Beruf bin, und ob man wohl davon leben könne?

Ich imitierte eine gelangweilte reife Frau, aus dem Schrott und Korn vom bösen Uschilein, die diese ewigen Fragen nach dem „Woher, wohin, wozu?"

einfach nicht mehr ertragen kann, und wie ein angestochenes Fass augenblicklich losknatscht und nicht mehr aufhören kann: „Wollen Sie auch noch wissen, was ich für eine Geige spiele? Oder ob ich die temperierte oder reine Stimmung bevorzuge??"

Und der interessierte Herr ist ganz erschrocken…

Donnerstag, 14. Oktober

Ein herrlicher Altweibersommertag

Wir spazierten Richtung Kapelle. Am Fuße des Hügels war Rehlein so entzückend zu einer alten Dame, und bot ihr an, ihre Blumenkörbchen hinaufzutragen. Die runzelige Dame, am Abend eines freudlosen Lebens angelangt, war überrascht und erfreut, wiegelte allerdings höflich ab.

Abends rief ich Frau Picker zu ihrem 67. Geburtstag an.

Natürlich hat man bei solch wertvollen Freunden, bei denen man sich viel zu selten meldet, nach so langer Zeit immer die Scheu, sie könnten verstorben sein. Ich erwischte *Herrn* Picker der, mittlerweile 81-jährig, ganz entzückend war.

„Jetzt, wo ich mit Ihnen telefoniere, sehe ich Sie so plastisch vor mir!" rief ich voll Wärme aus.

Sowohl Herr, als auch Frau Picker inspirieren mich über alle Maßen, und mit Frau Picker, der Jubilarin, sprach ich natürlich auch.

Immer wenn man Frau Picker frägt, wie es ihr geht, so sagt sie: „Schlecht, Franziska! Schlecht!" allerdings in fröhlich singendem Tonfall – doch jetzt, da ich dies niederschreibe, kann ich die Deprimanz von Frau Picker geradezu beängstigend gut nachempfinden: Der nackte, kühle Abend in ihrer deprimierend sauber geputzten Wohnung, die durch ihren alt gewordenen Mann, der nur noch an einem zarten Spinnweben ans Irdische befestigt ist, noch kälter und einsamer wirkt.

Freitag, 15. Oktober

Am Morgen verregnet.
Dann wurde es schön und altweibersommerlich.
Doch mich stimmte die wetterliche Timbrierung
eher ein wenig wehmütig

Am Nachmittag sollte Rehlein schon bald zu einem Wiener-Neustadt-Trip abgeholt werden. Da kam auch schon ein eiliger Anruf von der Irene, und Rehlein stellte sich gleich in emsigem Gebahren ans Gatter, um ihrer ewig in Hektik steckenden Kusine nicht *eine* Sekunde zu stehlen. Ich bin immer traurig, wenn Rehlein geht, und wenn's nur nach Wiener Neustadt ist, und versuche, die verbliebene gemeinsame Zeit mit Rehlein bis zur Neige auszukosten.

Dies sagte ich auch Rehlein: „Ich bin immer traurig, wenn Du gehst, auch wenn ich mir nach Außen hin einen fröhlichen Anstrich gebe, weil man

43

ja niemanden durch Trübsinnigkeiten auf die Nerven fallen mag."

Doch im Grunde fühlte ich mich wie an der Hafenplattform stehend. In meiner Fantasie *stand Rehlein bereits auf der Queen-Elizabeth Richtung Australien…ich trage heimlich eine Klopapierrolle bei mir, doch als ich sehe, daß niemand von diesem alten Brauch Gebrauch macht, trau ich mich nicht, die Klopapierrolle hervorzuholen.* (Ein japanischer Brauch beim Abschiednehmen. Die Klopapierrolle die man dem sich Entfernenden reicht, während man das erste angezupfte Blatt in Händen hält, entrollt sich allmählich und flattert schließlich als weißes Band über die Weltmeere – Symbol für einen wehmütigen letzten Gruß…)

Dann wiederum dachte ich mir aus, *Rehlein auf der „Queen Elizabeth" wäre meine 39-jährige Tochter, ich selber sei ein altes Sahnehaupt, und die Tochter auf der Schiffplattform ruft noch: „Halt die Ohren steif Mutti, und besuch uns mal in Australien!" obwohl die Mutti (ich) schon so alt ist (bin), daß kein Mensch mehr ernsthaft damit rechnet, die Omi nochmals wiederzusehen!*

Dann war Rehlein weg, und ich schmiegte mich wieder an den Opa auf der Eckbank.

Ich stellte mir vor, wie ich in 60 Jahren mal hier durch´s Fenster schaue, den 95-jährigen Ming auf der Eckbank sitzen sehe, und es nicht fassen kann!

„Älter als der Opa je war!" (denk ich dann.)

Samstag, 16. Oktober

Wunderschöner leuchtender Herbsttag

Ich las die Geschichte vom Literaturlehrer von
Anton Tschechow. An einer Stelle fällt der Satz „Im
November erkrankte Ippolit Ippolititsch an
Scharlach und starb" derart unvermutet, daß der
Leser total bestürzt ist, und gar nicht mehr
weiterlesen möchte, da diese Nebenfigur derart
präsent schien, wie Gerhard Polt, als er einst im
Hintergrund sitzend in einem Lokal einen
Schweinsbraten verzehrte, und eine derartige
Bühnenpräsenz ausstrahlte, daß man nur auf *ihn*
blickte, und die Worte jenes Komikers, der als
Hauptperson im Scheinwerferlicht stehen sollte,
überhaupt nicht mehr wahrnahm.

Später dachte ich mir aus, wie Rehlein einen
Jahresrundbrief schreibt, und zu diesen Gedanken
philosophierte ich das bügelnde Rehlein an:
„Im November erkrankte mein Mann an Scharlach
und starb..." tippt Rehlein auf die gefasste Art einer
älteren Wittib... Doch geschähe dies tatsächlich, so
würden alle Sünden Buzens augenblicklich zu Staub
zerfallen. Und plötzlich treten Rehlein tausend
vergessene wunderschöne kleine Momente mit
Buzen ins Bewusstsein zurück.

Ich übte Bachs g-moll Sonate, arbeitete sehr fein und genau, sorgsam um die Vermeidung jeglich falscher Zungenschläge in meinem Spiel bemüht.

„Nein! Zu blutleer!" oder „zu artifiziell!" hörte man mich beispielsweise selbstkritisch ausrufen. Ich erklärte Rehlein, daß man diese Phrase so zirka tausendmal spielen müsse, bis alle falschen Zwischentöne eliminiert sind. Einmal rief ich allerdings auch aus, daß die Arbeit, die ich hier betreibe, für den Fortbestand der Welt nicht den geringsten Nutzen habe, und mußte darüber lachen, weil´s stimmt.

Ich stellte mir vor, wie der Bürgermeister in einem Rundschreiben an die Dorfgemeinschaft drum bittet, daß man für Opas Neunzigsten schon jetzt damit anheben möge, etwas zurückzulegen, da man dem alten Mann zum Geburtstag einen Sessellift bis zu Breitschings hin bauen möchte.

Dem Opa erzählte ich, wie Kanzler Klima sein Erscheinen zum 90. Geburtstag angekündigt habe – er kommt und geeeeht nicht mehr! Dies sei in Österreich usus: Jeder 90-jährige wird vom Bundeskanzler beehrt.

Dann stellte ich mir vor, wie wir theoretisch auch einen ganz normalen Opa haben könnten, mit dem man unentwegt „Mensch-ärgere-Dich-nicht" spielen muß. Wenn er verliert, wird er wild und böse, schnallt sein Holzbein ab, und schlägt damit alles kurz und klein.

Sonntag, 17. Oktober

Meist schön.
Allerdings zur Mittagsstunde hin
schwere Regenwolken.
Sehr kalt

Ming rief an, um uns zu sagen, daß Stefan H. im ZDF musiziere. „Ein scheußliches Werk!" sagte Ming geringschätzig gegen die moderne Akkordeonmusik, von der es heißt, sie sei nicht jedermanns Geschmack. In der Tat konnte man unseren alten Bekannten – das vor Intensität gerunzelte Gesicht schräg auf die Quetschkommode gebettet – beim Musizieren bewundern. Es handelte sich um ein Show aus Weimar (Echo der Stars), moderiert von Roger Willemsen und Senta Berger, und dann sahen wir auch noch die entzückende Maria-Elisabeth Lott, die ein Mozart Rondo spielte.

Rehlein und ich waren hingerissen von dem süßen Kind mit der vorbildlichen Haltung – obwohl Herr Bolz neulich eine schmähende Bemerkung darüber gerissen hat. Immer beklagt man sich, daß die Jugend nichts tut und Drogen nimmt, aber wenn jemand so wunderbar und berührend auf der Geige spielt, dann finden die Erwachsenen das trotzdem immer noch bedenklich, weil sie immer etwas zum Bedenklichfinden finden!

Ich wärmte den Scherz vom Beätchen auf und schmückte ihn sogar noch aus: Wie sie mal in

47

Deutschland waren, und niemanden angetroffen haben. In ihren Briefen steht dann zu lesen: „Wie schade, daß wir es nur bis Frohsdorf geschafft haben! Kurz vor Ofenbach bockte unser Auto, und wir mußten schieben. Von der anstrengenden Schieberei waren wir so absorbiert, daß wir gar nicht bemerkt hatten, daß wir das Auto schon an der Tankstelle vorbeigeschoben hatten – und dann merkte der Jesse auch erst nach zwei Stunden, daß er die Handbremse angezogen hatte!"

Spaziergang:

Wir liefen an jener Stelle vorbei, in deren unmittelbarer Nähe Onkel Dölein einst beinahe ein Haus gekauft hätte, und wo Andi & Lisel noch beinaher bei einem Unwetter ums Leben gekommen wären! Am Fuße einer hügelig aufgeworfene Wiese mit unzähligen Apfelbäumchen und zwei umzäunten Pferden. Schon wieder ein Indiz dafür, daß das Leben nur ein Traum ist, denn früher sah´s dort ganz anders aus. Wir setzten uns auf die Wiese – so lang, bis Rehleins süßer Brötchenpo ganz nass und kalt geworden war.

Auf dem Heimweg sahen wir vor dem Rosingerschen Anwesen die Schipfler Christa mit der Martina und den beiden Enkerln. Die arme Christa trägt jetzt eine Wollmütze, weil sie wahrscheinlich durch die mörderische Chemotherapie schon keine Haare mehr auf dem Haupt trägt? Rehlein bekam Tränen in die Augen und frug mit-

fühlend aber auch ein wenig realitätsfern, ob die
Christl wohl auch beim Wandertag mitmache? „Naa,
i bin zu schwouch!"schwach sagte die arme Frau, so
daß sich Bedrückung ausbreitete.

Ich stellte mir vor, wie in 30 Jahren dort wo heut
der Opa vor sich hindurmelte, Rehlein auf der
Eckbank sitzt und Dinge murmelt wie: „..und der
Wolf?" „Wann is der Wolfram g´storbö?"

Ich erzählte dem Opa eine Tragödie aus
Ostfriesland: Von Rehleins Schüler Benno, der
seinen erhängten Vater aufgefunden hat. Bennos
Bruder habe der Opa doch kennengelernt! Aber der
Opa hatte den Jüngling, der uns letztes Jahr zur
Weihnachtszeit besucht hatte, vollkommen verges-
sen. Nur die Mobbl würde sich, wenn sie noch bei
uns wäre, genauestens und mit Freuden an ihn
erinnern, denn die ganze Zeit danach hörte man
Mobbl immer wieder verheißungsvoll erzählen:
„Neulich hatte die Kiki Besuch von einem blonden
Engel!"

Abends kam eine Reportage über einen Fall, der
derzeit die ganze Welt erschüttert: In Colorado
wurde ein 11-jähriger Knabe ins Gefängnis gesteckt,
weil er seiner Schwester beim pullern „geholfen"
habe. Doch die Amerikaner wissen: Pullern kann
man nur alleine! Und was sich wohl für eine
Handlung hinter der Bronnshilfspose verborgen
haben mag? „Da kann man gar nicht vorsichtig

genug sein!" dachte eine aufmerksame Nachbarin, und informierte bebend vor Mitteilungsdrang den Sheriff, der alsbald für eine Verhaftung sorgte.

Und die Familie Wüterich (eine Familie aus der Schweiz) bekommt den Herrn Sohn einfach nicht zurück.

Montag, 18. Oktober

Kalt. Frostesbleich am Vormittag –
dann Sonnenschein
wie von einer schwachen 25-Watt Birne

Leider ist es plötzlich kalt geworden. So kalt, daß man ohne die schützende Oase einer gewärmten Wohnung am liebsten schon tot wäre.

Ich erfand lauter Geschichten für Rehlein, die zwar *so* noch nicht stattgefunden haben, aber bald stattfinden *könnten*, und schilderte detailliert, wie ich später jeden Mittwoch mit den Uhlenbrocks und einem Japaner an der Bratsche Quartett spielen muß. Frau Uhlenbrock sei eine ganz trockene scharmfreie Hessin, die den Anschein erweckt, einen Pokal im „Trockensein" gewinnen zu wollen. Am Anfang ist Herr Uhlenbrock natürlich noch ganz anders als sonst, weil ich halt eine Dame bin.
Dies alles wiederum fuchst seine Frau.
Erst nach unserem ersten gemeinsamen Auftritt in Hofgeismar kommt kurzzeitig so etwas wie ein laues

Freundschaftsgefühl zwischen uns vieren auf. Herr Uhlenbrock sagt in gönnerhafter Jovialitesse: „Habt ihr den Kollegen Heinzl gesehen? Ich glaube, der war ganz grün vor Neid...ich fand uns gar nicht schlecht. Toller Schwung und so...ich weiß natürlich: Im Detail kann man noch viel feilen...“

Dann haben wir noch eine weitere Mucke, und Herr Uhlenbrock sagt: „In Immenhausen gibt´s nur 150 Mäuse pro Nase...naja!“ Doch dann lassen sich die Uhlenbrocks scheiden, und unser Quartett (The Kassel Mozart-Players?) geht ein wie eine dörrende Pflanze.

Ich fühlte mich wie Frau Abraham, die in die Kristallkugel schaut, und allerlei sieht.

Man sagt ja auch: „Man hat es kommen sehen...“ Später mußte ich noch weiter darüber nachdenken, wie das wohl so wird? Ich als einzelne Kollegin in Kassel, wohnhaft in Hann. Münden, und wie ich den Fehler vieler alleinstehenden Professorinnen vermeiden sollte, die sich aus verschiedenen Kollegen und Studenten eine Scheinfamilie zusammenbasteln, ohne zu bedenken, wie beklemmend einerlei man allen ist?

Beim Milchholen mit dem Opa sprachen wir, wie schon so oft, vom Moribundentum ausgangsmodulierend darüber, daß man die Zeit einfach nicht anhalten könne, und wenn man sich mit strammem Gesäß auch noch so fest draufsetzt.

Ich frug mich, wie wohl ein Geschäftsbrief mit dem folgenden Wortlaut wirken mag?:

„Bitte entschuldigen Sie meine verspätete Steuer-abgabenerklärungsangabe, aber die Zeit ist mir leider unter dem Po hinweggerieselt."

Dienstag, 19. Oktober

Sonnig, und doch schon fast frühwinterlich

Ich dachte mir aus, wie der Opa mit seiner Husterei alle ins Grab bringt, und zum Schluß niemand mehr da ist, der auf ihn aufpassen kann.

Schwerhörig ist der Opa geworden, weil um ihn herum immer so viel törichtes Gerede brandete, und die Hüstelei rührt daher, daß die Mobbl im Sorgen-stuhle immer nur auf den Televisor draufgelauscht hat und nie auf ihn!

Rehlein in der Küche stand kurz vor einem Fami-lienoberhauptskoller, weil´s für den Moment so schien, als sei Opas einzig verbliebene Aufgabe auf dieser Welt, andere durch seine Rotzerei zu moles-tieren?

Rehlein hätte den Opa doch so gern mal gebadet, oder ihm zumindest sein schuppiges Haupt eingeölt, was so unglaublich nett von unserem süßen Rehlein war, doch der Opa sagte nur grämlich: „Verschone mich!"

Dann schlug das Schicksal aus einer Ecke zu, an die man nicht gedacht hatte: Aus Berlin kam ein

Amtsschreiben vom Amtsgericht in der „Testamentssache Charlotte Rothfuss", und wir wurden innerlich aschfahl, was Mobbl wohl darin schreibt, da man ja nie wissen kann, ob Rehlein das Haus wohl zwischen den Fingern zerbröselt, wenn Mobbl vielleicht aus einer Laune heraus in wütendem Groll verfügt hat: „Die Erika kriegt **nichts**!"

Um das Haus ist´s mir nicht wichtig, aber daß ich mir um Rehleins Gesundheitszustand Sorgen machen muß, und daß man Mobbl dann gar nicht mehr gescheit glorifizieren könnt! So war ich ganz nervös, und das Essen schmeckte mir nicht, weil ein frostiger Windstoß meine Seele schiefgepustet hatte!

Dann mußte ich wiederum denken, daß Mobbl die meisten ihrer Enkel doch gar nicht richtig gekannt, geschweige denn gemocht hatte. Außer natürlich Ming, Heiner, Friedel und mich. Aber an fast jedem Kind hingen Ängste, daß das Erbe womöglich in falsche Hände käme? Bei Rehlein, die Schwiemu Ella? Bei Ming die Dame Gerswin, ferner die Laurie (stark übergewichtige Schwägerin vom Onkel Rainer in Kanada), die Miedeckes, die Christa (Exe von Onkel Dölein) und ihr neuer Mann, der Karp?? Vielleicht hat Mobbl ganz einfach alles ohne wenn und aber dem Heinz-Werner Zimmermann oder dem Dr. Bogad vermacht, oder....völlig überraschend Buzen?!?!

„Dem einzigen Mann, den ich je geliebt habe!" wie Mobbl in einem Begleitschreiben vermerkt.

Sonnig

Wenn´s die Rotzerei nicht gäbe, so wär ich <u>sehr</u> gern noch in Ofenbach geblieben, so aber?

Ich wollte Rehlein genießen, doch das eifrige Rehlein wollte gleich in die Apotheke radeln, um Gesundheitstinkturen für den Opa zu kaufen.

Mein vollgeschriebenes dickes Tagebuch (vom 15. Mai – 15. September) ließ ich in Ofenbach zurück: Ich stopfte es zwischen zwei Wilhelm-Busch-Alben, damit es dort Patina ansetze. Hoffend, daß es nicht irgendwelchen Räumungsaktionen zum Opfer fallen möge.

Später am Tage:

Beim Abschied am Bahnhof fühlte ich´s schmerzlich, wie ich mich nicht von Rehlein lösen kann! Rehlein, die vorm Besuch beim Schrammel* schon einen Bammel (kleiner Scherz) gehabt hat *(dem Notar) – befand sich doch schon in einer nervösen Weiterwalzstellung, doch ich sagte: „Rehlein, darf ich noch eine Minute lang an Dir herumverabschieden? Ich stelle auch den Wecker!"

Dies durfte ich, und bebusselte das süßeste Rehlein wie eine Ertrinkende.

Ich erzählte Frau Kettler am Telefon, daß ich nicht mehr so gerne telefoniere, weil man nach dem

Telefonat einsamer ist denn je. „Und was nützt es, wenn jemand am Telefon erzählt, es ginge ihm gut, und ihm direkt nach dem Telefonat das Hirschgeweih an der Wand auf den Kopf fällt?

Ich reiste nach Wien-West. Dort fühle ich mich zwar seelisch wohl in jenem Sinne, daß ich als notorische Einzelgängerin in der Anonymität des Bahnhofs versickere, - aber gleichzeitig vermisse ich Mobbl an diesem Ort immer so besonders schmerzlich, da der Westbahnhof für mich untrennbar mit Vorfreude oder Abschiedsschmerz auf bzw. um Mobbl verbunden ist.

Auf der Reise dachte ich über Mobbl im Sarg nach. Ich versuchte, mich für Mobbl über die ewige Ruh´ zu freuen, denn das Leben auf Erden ist ja ohnedies nur ein kurzes, oft lästiges Intermezzo. Eine ganz kurze Unterbrechung der Ewigkeit.

Nürnberg:
Zu später Stund´ stieg ich heimlich in jene Straßenbahn, in der ich schon ganz richtig die heimfahrende Veronika vermutete. Und tatsächlich:
Da saß sie mit dem Zwicker auf der Nas und las.
Ich setzte mich direkt hinter sie, und wenn die Veronika ein wenig zur Seite geblickt hätte, dann hätte sie mich im dunklen Fenster als Spiegelbild entdeckt! So aber sah sie mich leider erst beim Ausstieg und lachte nett.

Donnerstag, 21. Oktober
Nürnberg - Trossingen

Bedeckt. In Nürnberg wirkte es blass und fröstelig
wie zur Adventszeit

Heut stak die Veronika in einem glänzend schwarzen Frack, im Schwunge dessen steckend, bald zum Dienst aufzuschwirren.

Zum Frühstück erzählte sie, daß im Stuttgarter Kammerorchester sieben Herren und sieben Damen sitzen. „Das sind sieben Ehepaare", mutmaßte ich, und wenn der Dirigent sagt: „Da hinten, bei den zweiten Geigen schleppt jemand!" dann ruft die Bratscherin vorne geringschätzig aus: „Das ist garantiert wieder mein Mann!"

Ich schilderte der Veronika, wie es für Herrn Reimer war, den Arbeitsplatz mit seiner Frau zu teilen: Wenn er mal „Überstunden" (in Anführungszeichen) machen wollte, sagte seine Frau: „Ich setze mich so lang in die Kafeteria und warte auf Dich!"

Frau R. hatte sich schon in jungen Jahren vorgenommen, die beste Ehefrau aller Zeiten zu werden, und an diesen guten Vorsatz hat sie sich auch all die Jahre gehalten. Wenn sich Herr R. mit einer Dame unterhält, dann tritt sie *nicht* hinzu, um ihm die Schuppen vom Kragen zu klopfen, obwohl es in diesem singulären Falle bitter nötig wäre… ausgerechnet!

Freitag, 22. Oktober

Schön sonnig

Inzwischen weiß ich, warum ich gar keine Post vorgefunden habe: Der dumme Briefträger hat einfach alles mit dem Vermerk „Unbekannt verzogen" in alle Winde zurückgeschickt, so daß ich jetzt gar nicht weiß, wem man danken soll?

In der Hochschule sind alle so fahrig und seltsam zueinander, da man tausend Augen rund um das ganze Haupt herum bräuchte, auf daß man sich „schützt", und einem andererseits auch nichts entgeht.

Samstag, 23. Oktober

Zunächst nieselnd. Am Abend zart aufgelichtet

An einem CDU-Stand am Schreibwarenladen bekam ich etwas geschenkt: Einen Schokotaler und einen Kugelschreiber – „damit Sie wissöt, wo man´s Kreuzle hinmacht!" sagte die Schwäbin, die mir die Gaben gereicht hatte, schelmisch in Politikerlogik, und reichte mir hinzu eine Broschüre mit mehreren adretten CDU-Politikern aus Trossingen.

Eine Broschüre, die leicht an die Broschüre vom „Essen auf Rädern" erinnerte: Verschönt mit lauter selig lächelnden, rundherum zufriedenen Senioren, die wie aus dem Ei gepellt ausschauen.

Besuch bei Petra & Tobisias:

Ich zeigte den jungen Leuten meine CDU-Broschüre, und einer der Herren darin sah aus wie der Prof. Kebap, so daß man vielleicht von einem „Kebap der CDU" sprechen darf? „Ein Herr mit magischer Sogwirkung auf die Frauen!" scherzte ich. Wenn der die Petra jetzt anbaggern würde, wäre die Petra verloren und würde womöglich nur noch in CDU-Parolen mit uns reden? Wir lachten.

Ich erfuhr, daß James C., der käsig bleiche und zwielichte Bratschenprofessor eine Freundin habe: Eine junge Pianistin mit dem klangvollen Namen Giaccometa – klingend wie ein besonders köstliches Eis am Strande von Terraccina.

„Wie hat er die an Land gezogen?" frug ich neugierig.

„Ich glaube, sie hat *ihn* an Land gezogen!" sagte die Petra.

Die Petra möchte den Professor mit vorgegaukelter Naivität fragen, ob er in ihrem Falle Brahms´ G-Dur Sonate als Prüfungsstück wohl für geeignet hält? *Doch dann erlebt die Petra eine freudige Beschämung, an die sie nie im Leben gedacht hätte: Der Professor sagt: „Bei jedem normalen Studenten würde ich klipp und klar „Nein!" sagen. Doch so, wie du das Werk gestern vorgetragen hast, klang´s als hätte Brahms es nur für Dich komponiert!"*

Dann erzählte ich sehr plastisch, so als sei ich dabeigewesen, die Liebesgeschichte von einem anderen Professor. Dem milden niederländischen Professor B.: Wie sich die Lippen mitten in der Besprechung eines Fingersatzes trafen, und die bleiche Schülerin vor Schreck stammelte: „Herr Professor! Bitte vergessen Sie diesen Vorfall!" Zu ihrer Bestürzung antwortete der Professor ungezwungen: „Gut. Vergessen wir´s! Also weiter – Takt 234…" Dann zogen nochmals sieben Jahre durchs Land….

Schließlich hörten wir ein wenig Musik:

Brahms G-Dur Sonate, interpretiert von meinem ehemaligen Kommilitonen Ulf Wallin, der heute Professor an der Hans-Eissler-Akademie in Ost-Berlin ist. Die Petra fand das Spiel langweilig. Es klang ein wenig „flachgebügelt", doch einem geübten und reifen Ohr wie dem Meinigen bleiben durchaus berührende Gefühlsbestrebungen nicht verborgen, und so sagte ich begütigend, daß es schwierig sei, eine gute Aufnahme zu machen, weil einem der Tonmeister durch seine beständigen Tips doch andauernd dazwischenfunkt, bis man seine Inspiration gänzlich verloren hat.

Dann legte die Petra noch eine Sparkassen-CD mit Victor Pikaisen ein, einem gedrungenen russischen Geiger, der für das ungeübte Auge genau aussieht, und sich für das ungeübte Ohr genau so anhört wie David Oistrach. Begleitet von seiner Tochter Tatjana am Klavier.

Ich machte der Petra vor, wie es der Viktor, der dereinst „mit dem Riemen" erzogen wurde, wohl schwer hat mit seiner mauligen unfreundlichen Tochter. Immer wenn der Geiger freudig meint, daß diese eine Passage ihm künstlerisch besonders gut geglückt sei, nimmt sie die Hände von der Tastatur und barscht ihn so häßlich an: „Stiliistisch unmegglich!" oder: „wo bleibt Riiitmus??" (Auf russisch natürlich)

Dann dachte ich mir noch aus, *was die Nicole wohl für eine Miene schneidet, wenn in zehn Jahren ans Tageslicht kommt, daß der Professor in Wirklichkeit Briefträger sei?*

Abends daheim. Rehlein rief an:

Der Opa, so heißt´s, vermisse mich, und früge fünfmal am Tag nach mir.

Sonntag, 24. Oktober

Streng – grau – düster. Hie und da nieselnd

Ich besuchte die Amalia in ihrem bescheidenen Zimmer in welchem es leider nach kaltem Tabak müffelt, obwohl die Amalia selber Nichtraucherin ist.

Der Dunst stammte von ihrem Freund Sascha und seinen Kumpeln.

Der Sascha, der heute nicht daheim war, hatte gestern ganz viele Kumpel mitgebracht, die bis etwa vier Uhr morgens in Amalias Zimmer rumhockten, qualmten und sich vollaufen ließen! (Empörend!)

Die Amalia bewirft mich immer mit schönsten Komplimenten, und jetzt z.B. sagte sie, ich sei der Mensch mit dem besten Sinn für Humor, den sie kenne! Dann legte sie Beethovens Sonate op. 96 mit Ming und mir ein, so daß sich das nikotingedunsene Zimmer mit den göttlichen Klängen füllte.

Gerührt stellte ich fest, daß ihr kleines Türmchen an CDs zu etwa 95% aus CDs von Ming & mir besteht, die der süße Buz ihr nach und nach geschenkt hat.

Schaut man aus ihrem Fenster, so schaut man auf den Friedhof. „Wie in der Schule!" bemerkte ich, da man aus dem Auricher Gymnasium ja auch immer auf den Friedhof schaute, damit man dran erinnert würde, wo das alles hinführen soll.

Die Amalia hatte Zwirbelnudeln mit Soße gekocht, die wir nun an dem kleinen Nierentischchen einnahmen. Sie verwöhnte mich wie eine Mutti, und beigte mir den Teller ganz voll.

Wir bedienten uns an dem hohen Stapel an „Frauen im Spiegel" oder auch „Frau im Spiegels", den die Wirtin im Flur aufgetürmt hatte, und lasen die reich bebilderten Geschichten aus der glanzvollen großen Welt: Ein Herr aus Kassel hatte sich extra die Mühe gemacht, einen Leserbrief zu verfassen, um seinem Zweifel Ausdruck zu verleihen, ob Andre Agassi wohl wirklich der Richtige für Steffi Graf sei, und eine Dame schrieb zusammenfassend, daß ihr die Caroline von Monaco von Herzen leid täte, da sie ja schon dreimal mit einem Mann Schiffbruch erlitten habe! Zuerst fiel sie auf einen Nichtsnutz herein, ihr zweiter Mann, den sie über alles liebte, verunglückte tödlich und jetzt ist sie mit einem Flegel verheiratet! „Man kann nur hoffen, daß Caroline nicht auch bald die Fäuste ihres Herrn Gemahl zu spüren bekommt!" schrieb die engagierte Dame in leidenschaftlichem Mitgefühl.

Die Amalia erzählte mir von Henrik Szeryng, dem großen Geiger, der stets glanzvoll uniformiert, wie gebügelt und brummend vor Sauberkeit Violine spielte: Fünf Minuten vor seinem Konzert in Bukarest verschwand er. Dann fand man ihn stockbesoffen in einer Bar, schleppte ihn zum Ort des Geschehens zurück, und bugsierte ihn auf die Bühne. Dort habe er die Konzertmeisterin angelallt: „Was spielen wir denn heute?"
„Brahms".
Und dann spielte er göttlich, wie gewohnt.
Eine kaum zu glaubende Anekdote.

Auf dem Friedhof liefen mit einemmale so unendlich viele alte Leute. Es schaute fast ein wenig makaber aus – als wären die Toten alle aufgewacht und aus den Gräbern herausgekrabbelt!

Montag, 25. Oktober

Regen. Am Abend Besserung

Am Morgen hat man einen Regen plätschern hören, so daß man Worte von Ute M. benützen könnte: „Unser Ausflug fiel buchstäblich ins Wasser!"

In der Zeitung las man das Unglaubliche: Rex Gildo ist aus dem Fenster gesprungen! Der alternde Sänger mochte nicht mehr leben.
Angst vor Alter und Einsamkeit hatten ihm seinen ganzen Lebensmut geraubt, las man in der Bild-Zeitung.

Rehlein am Telefon erzählte, daß der Opa sie etwa fünfmal am Tag daran erinnert, daß morgen Volkswandertag sei.

Dienstag, 26. Oktober

Wunderschön. Herbstgülden

Am Gaugersee bewunk ich die Reichmanns im Auto, und wir bewunken uns so freudig, weil wir ja ganz lange nicht gewußt hatten, was aus uns geworden ist. Und jetzt sah man praktisch von der einen Sekunde auf die andere, daß alles beim Alten war!

Abends ereilte mich ein so netter Anruf Rehleins:

Am Wandertag habe es leider geregnet. Zwischen Ofenbach und Trossingen hat somit ein Wettertausch stattgefunden. Man marschierte dennoch, und Rehlein freundete sich ein bißl mit der Trafikbesitzerin an, bei der der Opa 17 Jahre lang immer in letzter Sekunde Lotto gespielt hat.

Den Opa sollte man allerdings nicht mehr allein lassen, da er einen ganzen Becher Sahne getrunken hat, und hernach ging es ihm naturgemäß nicht mehr so gut.

Am Abend telefonierte ich noch mit der Nora, die wie alle Tage bruddelig gestimmt war, weil in ihrem Leben alles so doof ist: z.B. jeden Tag zum Dienst zu streben und zu proben. Man probt und probt und probt, und es klingt immer gleich beschissen, erzählte sie verdrossen und wenig damenhaft in der Wortwahl.

Mittwoch, 27. Oktober

Atemberaubender Herbsttag

In der Zeitung las ich Bestürzendes über Rex Gildos letzten Auftritt in einem Möbelhaus in Bad Vilbel, wo der alternde Schlagerstar mit der Perücke und den überpuderten Runzeln von den bösen Menschen wie „der Neue in der Klasse" verspottet wurde. „Da kommt der Roy-Black-Verschnitt!" habe jemand kränkend deutlich in seiner Horchweite gemurmelt. Dauernd stellten sich fremde Leute ganz schnell neben ihn, um sich fotografieren zu lassen.

„Früher hat er mit seiner Musik so vielen Leuten Freude gemacht, und jetzt verspotten sie ihn nur noch", stand da wirklich anrührend zu lesen, so daß auch ich mir ein Tränchen hinwegwischen mußte, auch wenn ich den Rex doch gar nicht gekannt habe.

Abends fühlte ich mich einsam und wehmütig wie Rex Gildo. Ich erzählte einer Hochschulangestellten, die in unserer Straße parkte, und nun in den Feierabend strebte, daß ich jeden Tag traurig wegen Mobbl sei.

„Aber du wirkst doch immer so fröhlich!"

„Das ist nur der äußere Schein!" sagte ich so wie Frau Picker.

Beim „Krug" trat mir eine alte Dame ausversehen auf die Ferse, weil ich mich so unschön an ihr und einer anderen vorbeigedrängt habe.

„Oh Entschuldigung, liebes, goldiges Mädchen!" rief die alte rußlanddeutsche Frau mehrfach fast theatralisch, so daß ich mich noch mindestens viermal umbog, um durch ein warmes Lächeln zu bedeuten, daß es nicht schlimm gewesen sei.

Abends wurde dann das, was in der Luft lag, traurige Realität: Rex Gildo ist gestorben!

(Ich weinte fast)

Donnerstag, 28. Oktober

Über das schöne Herbstwetter
zog eine filigrane Wolkenschicht

Ich träumte, daß *wir den Opa auf der gegenüberliegenden Straßenseite mit den vielen bunten Schaufenstern in sein Stühlchen gesetzt hatten, das auf dem Trottoir stand. Wenn man in meiner Wohnung auf der Sitzgruppe sitzend aus dem Fenster schaute, und den Kopf ein wenig nach links bog, konnte man den Opa sitzen sehen.*

Es herrschte ein windiger Morgen und der alte Mann versuchte, sich in einem Schaufenster zu spiegeln um seine Frisurenreste zu richten…

Heute erhob ich mich in meinen vorläufig letzten Tag hier in Trossingen.

Die Omi in Grebenstein ist allein, und freut sich schon auf mich. Am Telefon sprach sie allerdings ein wenig anders als sonst (das Klassenzimmersyndrom vor dem Ergotherapeuten „Ulf".)

Bis zu seiner letzten Sekunde scheint der Mensch am Klassenzimmersyndrom zu laborieren, und erst dann wird er in eine andere Dimension entlassen, wo dererlei keine Rolle mehr spielt.

Theoretisch könnte man es damit vergleichen:
Alle Bewohner von Trossingen werden durch andere ausgetauscht – ob´s dann wohl ein viel erfrischenderes Gefühl wäre, in die Hochschule zu gehen? Doch es währt sicher nicht lange, und alles wäre

wieder beim Alten, weil eben die Weltformel voller Fehler ist.

Bei „Schlecker" tauschte sich die Verkäuferin mit zwei Kundinnen darüber aus, daß man ruhig mal einen Wutanfall bekommen dürfe, wenn man Kinder hat. Eine rustikale schwäbische Variante von einer alten Dame die ich kenne, wandte sich sogar an mich: „Jawohl! Die sollöt ruhig mal den Zorn zu spürö bekommö!!" so daß ich hilflos auflachen mußte – dann lobte die Kundin noch die neuen Corega Tabs.

Mittags stellte man im Mittagsmagazin den neuen Prostatakrebs-Schnelltest für prostatagefährdete Herren ab 45 vor: Man kauft ihn für elf Mark in der Apotheke, ringt sich zwei Blutstropfen aus dem Finger, lässt sie in den Blutfleckvorstanzpunkt auf dem Test einsickern und wartet auf eine Zahl, so wie beim Fieberthermometer. Die Zahl sollte möglichst nicht höher als vier sein.

„Doch der Test ersetzt keine normale Untersuchung!" warnte der einfältige, beglatzte Reporter eindringlich, so daß man sich frägt, warum man ihn dann kaufen soll? *Ich stellte mir vor, wie Buz so lange in der Nas bohrt, bis er zwei Blutstropfen beieinander hat, doch Restbestände im Nasenblut verderben ihm das Testergebnis.*

Ich lief zum Joggen in den Wald.

Ein vor seinem Anwesen kehrender junger Mann mit langen Zähnen sprach mich auf freundliche Weise an, und führte mir damit vor Augen, daß ich auch nicht besser bin, als viele der weltfremden Professoren. Aus einer albernen Leutscheu heraus wollte ich nämlich grad die Straßenseite wechseln, als der Herr kumpelig auf schwäbisch sagte; „Wenn i di so laufö seh, kriegi immör ö schlechtes G´wissö!"

Wenn ich Dich so laufen sehe, bekomme ich immer ein schlechtes Gewissen.

Dies bezog sich auf meinen „sportlichen Eifer", der jedoch nur symbolischen Wert besitzt, und über den Ming und Rehlein die Hände über dem Kopf zusammenschlagen würden.

Ich strahlte ihn freundlich an, wußte aber nichts dazu zu sagen.

Der Japaner neben mir hatte heute Damenbesuch, man staune! Ob es da noch großartige Verbeugungen und „…de gozaimasu*"-Verrenkungen gibt, wenn die Textilien fallen?

*Unübersetzbare japanische Hochhöflichkeit, die zumeist mit einem breiten Lächeln und vielen kleinen Verbeugungen begleitet wird. Sie wird an einen gefallenen Satz drangeheftet, und wirkt solcherart, als wolle man den Satz in glitzerndes Geschenkpapier packen und mit einer Schleife verzieren

Freitag, 29. Oktober
Trossingen - Grebenstein

Morgens Regen.
Dann schön sonnig und herbstpalettig
(vorallem durch das Fenster der Eisenbahn,
die mich von Baden-Württemberg nach Hessen trug)

Um 7:36 begann meine Reise mit dem Trossinger Bähnle, und im regentrüben, von den Straßenlaternen in verwaschenem Mattgold beleuchteten Trossingen herrschte eine geradezu unglaubliche Atmosphäre – bißchen wie im Traum, oder auch zu Zeiten des Rippers in London um 1888. Und doch fühlte ich keine Furcht – grad so, als sei ich schon gar nicht mehr von dieser Welt.

Auf dem Wege zum Bähnle las ich das Tagesblatt an der Zeitungswand neben der Bäckerei Link. Riesengroß leuchtete mir auf der Trossinger Seite ein Phantombild entgegen: Am Gaugersee, dort wo ich täglich jogge, hat sich ein unheimlicher Kriminalfall ereignet: Ein Herr um die 50 hatte sich zu einem Umschlummer in der Sonne auf eine Bank gelegt – doch dann wachte er auf, weil ihm ein Unbekannter eine Kordel um den Hals geschlungen hat, um ihn zu erdrosseln. Nur der mutige Kampf um sein Leben verhinderte einen dubiosen und erschütternden Mord!

Das Bähnle war brechend voll! Ich malte mir aus, wie's wohl wäre, wenn irgendein magischer Sauger, die vielen johlend- und lärmenden Schüler alle wegsaugte? Dies müsste sich doch im Groben so ähnlich anfühlen wie damals, als Yossi und Eichert ENDLICH Leine zogen? Ein so schönes Gefühl, als würde der Staubsauger oder der plärrende Televisor endlich abgestellt…

In Trossingen BHF dämmerte es ganz zart, und meine Vision mit dem Sauger wurde für einen kurzen Moment süße Realität, als die lärmende Schülerhorde vom Kurzzug nach Villingen aufge-saugt wurde.

Dann mußte ich mich aber gleich schon wieder ärgern, da der Zug nach Rottweil sich verspätete, und das Schicksal niemals Ruhe gibt!

Im Zug nach Stuttgart las ich im *Stern*: z.B. über das Frauengefängnis in Frankfurt-Preungesheim, wo´s gar nicht so schlimm sein soll: Abends strahlt die Sonne in den wärmsten Farbschattierungen in das ansonsten düstere aber keineswegs unangenehme Gebäude herein. Überall stehen Kaffeeautomaten, und die Damen trinken den ganzen Tag Kaffee und quatschen – grad so wie in der Musikhochschule.

Ich dachte mir aus, wie es wohl wäre, wenn mein Genauigkeitstick bei meiner Lebens-Chronik beängstigende Ausmaße annähme, und ich alle Mitreisenden fotografiere und dann in ein Album „Reisen 1999" klebe? Interessant wäre es gewiss.

In Mannheim schaute ich auf ein zirka einjähriges Kind in einem Kinderwagen drauf, das seine Bretzen einfach auf den Boden schmiss.

Meine Nebensitzerin las in einem Journälchen, und als ich einmal kurz hineinschielte, sog sich mein Auge am Passus: „Ich glaube, ich habe mich verliebt!“ sagte Norbert‘‘‘‘ fest. Lustig wäre natürlich, wenn die zukünftige Ehefrau nach diesem Geständnis sagen würde: „Du glaubst, du hoffst…“

Ein vornehm wirkender Herr am Fenster erinnerte mich an den Sägemörder.

Um 17:01 fuhr ich von Kassel nach Grebenstein:

Freudig begrüßte ich die Edith vor ihrer Hecke, während bei der Oma eine „Frau Ostermann“ zu Besuch war. Eine Dame, die ihr ganzes Wissen aus der Bild-Zeitung zu destillieren pflegt.

Frau Reimich wiederum wütete nebenher putztechnisch herum.

Buz war überhaupt nicht gekommen, und die Omi sprach energisch davon, daß er krank sei, und nicht reisen dürfe. Dann mußte ich auch noch erfahren, daß der Gastwirt Hänschen Israel gestorben sei, und konnte es kaum fassen.

Abends half ich Frau Kionczyk bei der Vorbereitung des Abendessens, doch beim Abendessen selber wurde mir ganz durmelig zumute, weil Frau Kionczyk immer so langatmige uferlose Geschichten ohne Höhen und Tiefen erzählt, daß einem mit der Zeit ganz blümerant wird.

Sogar über die Breite des Klopapiers von Aldi diskutierten die Damen!

Dann war ich aber wieder mit der Omi allein. Ich las anrührende Rex Gildo Geschichten aus der Bildzeitung vor, und dann sprachen wir über die Wende, und wie die Zeit vergeht: „Bald bin ich 40, und dann auch schon bald 50, und dann bin ich hoffentlich auch schon bald erlöst!" sagte ich, weil ich mich plötzlich müde und erlösungsbedürftig fühlte. Vielleicht kann man den Tod auch so definieren: Nachlassen eines Schmerzes, an den man sich gewöhnt hat?

Die Omi erzählte, wie die Frau vom Pfarrer G. das Utelchen schon fast wieder zum Weintrinken verführt hätte. Es heißt, Frau G. zwitschere auch gern einen, und ich machte der Omi vor, wie Herr G. beim Abendessen vielleicht einsilbig ist, so daß sich seine Frau einsam, unverstanden und traurig fühlt?

Samstag, 30. Oktober

Sonnig, windig, wolkig

Die Omi wußte zu berichten, daß vom Evchen letzte Woche eine Annonce in der Zeitung erschienen sei. Zwölf Briefe von interessierten Herren hat sie bereits erhalten, und einer habe so schweinisch geschrieben, daß man es kaum glauben mochte, und ganz bestürzt war!

Mit diesem Wissen behaftet begab ich mich in die Grebensteiner Innenstadt. Ich fühlte, wie das Hessische schon nach einem Tag Besitz von mir ergriffen hatte, weil es halt in mir verwurzelt ist.

„Guddn Tach!" sagte ich hie und da, so als wär ich niemals woanders gewesen.

Daheim bei uns waren Herr & Frau Andreas zu Besuch. „Ein Schnäpschen!" amüsierte sich Herr Andreas grade in der Erinnerung an einen Bekannten, der das mal so gesagt haben soll, und Frau Andreas lachte, schnatterte auch gleich ins gleiche Horn und sagte, durchsetzt mit jodelndem Gelächter zweimal: „Ein Schnäpfschen! Ein Schnäpfschen!"
Ein Schnäpschen

Dann sprachen sie mit Frau Kionczyk sogar über Erotik. Frau Kionczyk sagt Dinge wie: „Nein! Mit einem Schwarzen könnt ich nicht ins Bett gehen! Da müsste man vorher das Licht löschen!" Worte die dem Uschilein wiederum die Haare zu Berge stehen lassen würden….

Schließlich kam auch noch die Babette hinzu. Sie, über die man ja immer ratlos war oder ist, was wohl mal aus ihr werden solle, sprach über Vögel.

„Ich hab ein bißchen Ahnung von Vögeln!" sagte sie gar. Ich hörte aber nur mit einem Ohre hin und dachte darüber nach, warum die Babette einem wohl nie in die Augen schaut? Außerdem hat sie, mit ihrer rotohrig heißen zartrosafarbenen Gesichtsfarbe zuweilen die Ausstrahlung einer ertappten Diebin.

Nachdem die Besucher wieder fort waren sind wir spazierengegangen, doch die Langsamkeit strengte mich sehr an. Ich hatte die heutige Post mitgenommen, und las nun aus einem Brief vor, in welchem der Omi im Rahmen einer Butterfahrt nach Rom 500 000 Gewinn versprochen wurde. Man wird von einem Schofför abgeholt und bekommt einen prächtigen Blumenstrauß überreicht. (Doch 500 000 was? Steht leider nicht dabei.)

Abends spielte ich der Omi auf der Violine vor, weil ich schon von Versagensängsten geplagt wurde, denn Buz könnte seine „Drohung" wahr machen, und Morgen ins Konzert nach Celle kommen.

Ein wenig Angst hatte ich auch, die Omi könne sagen: „Du hast schon mal besser gespielt, Mädchen. Wahrhaftig!"

Dann ist allerdings mitten in das Spiel hinein Frau Kionczyk gekommen, um in der Küche für die Omi zu schuften. Ich öffnete die Türe, und setzte das Violinspiel fort.

Gegen Ende der Fuge in C-Dur benahm sich Frau Kionczyk etwas unkultiviert, indem sie nämlich ganz laut irgendwelche uninteressanten Dinge babbelte, und das, wo die Omi grade so innig mit geschlossenen Augen gelauscht hatte.

Nachdem die Fuge verklungen war, sprachen wir über den Tod und Todesanzeigen.

Seit dem Tode ihrer großen Liebe vor vielen vielen Jahren, hat Frau Kionczyk zum Tod ein eher rustikal-gleichmütiges Verhältnis: Wer gehen will, soll gehen, und ihrem zweiten Mann Josef †1991 jammert sie auch nicht groß hinterher: Sie lässt einmal im Jahr eine Messe für ihn lesen, pflegt sein Grab, und damit hat es sich auch. Mehr kann man nicht tun.

Die süße Omi erzählte mir am Abend so viel über ihre Eltern und Geschwister, und ich lauschte ihr hochgebannt, weil´s für mich ja quasi so ist, als blättere man das Tagebuch noch weiter zurück, und weil ich´s nicht fassen kann, daß all diese Leute, wie beispielsweise die Tante Anna †1958 tatsächlich mal gelebt haben sollen! Die Anna war eine so gute Frau, und pflegte ihre alte Mutter, die an Asthma litt. Und als die Mutter dann gestorben war, wurde auch die Anna krank und starb. Die beiden Schwägerinnen von der Omi starben jeweils an Krebs, und Summasummarum kann man sagen, daß in dieser Familie bis jetzt ausnahmslos jedes Leben tragisch endete. Besonders traurig ist die Omi über den überflüssigen Tod ihres Vaters im Jahre 1958 – vier Jahre länger gelebt, und er hätte *mich* noch kennengelernt! Wieder war ich froh, keine Kinder zu haben, denn wenn man in einigen Jahrzehnten durch´s Fenster schaut, so wie vielleicht heute abend Omis Mutti unbemerkt, sieht man nur noch ein verglimmendes Lebenslicht im Rollstuhl sitzen?
Dann erzählte ich der Omi, wie der Opa uns mit seiner Rotzerei alle ins Grab bringt, und wenn er dann ganz alleine ist, dann hört er auf zu rotzen, weil keiner mehr hinhört.

Sonntag, 31. Oktober
Grebenstein - Celle

Schön sonnig in Hessen.
In Norddeutschland frisch und eher matt-sonnig

Durchs Schlüsselloch konnte man sehen, wie die Omi auf dem Bett lag, als sei´s auf dem Katafalk! Doch Tag für Tag rappelt sich unsere tapfere ungebrochene Oma von neuem auf – so auch heute, und gemeinsam frühstückten wir.

Die Omi erzählte mir, wie die Babette früher als kleines Kind nie etwas sagte, und bloß immer ein kleines Vögelchen mit sich herumtrug.

Dann sprachen wir über den Opa und seine Schriften, und ich las der Omi meine alberne Geschichte vor: „Wie´s im Himmel zugeht" die ich als Zehnjährige einmal erfunden und niedergetippt habe, und die der Opa in seinem Buch netterweise abgedruckt hat. Leider an unpassender Stelle gekürzt!

Ich hatte geschrieben „…doch Petrus war schon im Walde unterwegs". Abgedruckt aber ist: „Doch Petrus war schon unterwegs" – grad so, als habe man bei Beethovens „Elise" zwei der drei Tonlöckchen zu Phrasenbeginn einfach entfernt!

Eine Geschichte, die mir heute allerdings nur noch peinlich ist! Damals hatte ich einen Tick mit Namen, und wollte in meinen Geschichten immer so viele Namen anbringen wie irgend möglich. Eigentlich hätte ich auch das Telefonbuch abschreiben können. Um „den Himmel" in diesem Sinne ging´s mir dabei gar nicht. (Fast so wie in dem amerikanischen Roman „Tief wie der Ozean", wo so viele Namen drin vorkommen, daß man toll werden möchte!)

Dann schaltete die Omi allerdings den Gottesdienst ein, und der moderierende Geistliche sah aus wie ein Schwein: Ein fülliges rosiges Gesicht mit einer Steckdosennase und kleinen Schweinsäuglein. „Ach Gott, der sieht doch nicht aus wie ein Schwein!" sagte die Oma tadelnd zu mir, und dabei sieht sie doch gar nichts, und er sah woooohl aus wie ein Schwein. Ein rosa Schweinderl!

„Ich korrigiere mich: Der Pfarrer ist ein Beau!" sagte ich schnell, damit sich die Omi nicht gar so härmt.

Am Vormittag kam die Edith zu Besuch. Ich saß ihr gegenüber und schaute mir das liebe Gesicht mit den blauen Veilchenaugen an. Die Edith berichtete vom Friedhof.

„Ein Blumenmeer!" sagte sie über das frische Grab des noch jungen Toten Hänschen Israel.

Ich erfuhr, daß die junge, freundliche Pfarrerin Frau Lilie weggezogen sei, und wurde ein wenig traurig. Die freundlichen Pfarrersleut tauchen wie aus dem Nichts auf, man befreundet sich, und dann verschwinden sie wieder, so als habe es sie nie gegeben.

Dann fuhr ich nach Celle.

In der Zeitung las ich ganz viel über Rex Gildo, der sich für hübsche Jünglinge erwärmen konnte. Bei einem Talent-Wettbewerb suchte er den Dialog zu einem jungen Herrn, und rief ihn dann beständig an, weil er von unbestimmten Sehnsüchten angesengt war. Gerad so, als glaubte er, in diesem wunderhübschen Jüngling seine verlorene Jugend wiedergefunden zu haben.

Früher hatte ich Rex Gildo gar nicht so richtig wahr genommen, doch jetzt da er tot ist, nehme ich paradoxerweise Anteil an seinem Leben, und es tat mir leid, daß ich heute eine ZDF-Spezialshow über den jähen Exitus des Sängers verpasse.

In Hannover stieg eine ganz süße Omi in mein Abteil, mit der ich mich ein wenig anfreundete, so daß ich sie später zum Abschied herzlich bewunk. Sie hatte - grad wie von Wilhelm Busch gezeichnet - drei aufgeschäumte Röllchen am Kopf (oben, links und rechts) und fuhr zur Beerdigung eines 94-jährigen Herrn.

Bald schon stieg eine andere Seniorin zu, die mir aber nicht so gut gefiel, weil ich in letzter Zeit jenen Typus der hefeweichen Seniorin, die ständig irgendwelchen säuerlich anzuhörenden Quatsch von sich gibt, und ihrerseits überhaupt nicht hinhört wenn andere reden, etwas überdrüssig oder gar unterdrüssig geworden bin, da einen diese Monologe nicht weiterbringen. Gerade eben hatte ich doch klar und deutlich gesagt, daß ich gleich aussteige, da blökte sie einfach: „Da können Sie ihren Koffer da hinauftun!" Da hätte ich theoretisch ausrasten können, doch ich bezähmte mich.

(Wie oft wohl noch?)

Der Zug stand noch so lang herum, und die depperte Omi nahm meinen Geigenkasten ins Visier und frug: „Ist das ne Geige oder ne Bratsche?" - „Da trägt man wenigstens leichter!" sagte sie hefeweich witzelnd, doch ich kann über dererlei leider nicht mehr lachen.

(So wie Frau Kionczyk über die Papst-Witze)

Gemütliches Beisammensitzen nach dem Konzert in der Pizzeria Roma:

Buz war bestrebt, von seinen Erfahrungen aus Asien zu berichten, und trug die etwas verallgemeinernden Worte hauptbebend vor. Man saß am Tisch, lauschte einem bithematischen Gespräch zwischen zwei Herren, und einmal schnitt Buz dem Veranstalter Herrn Anschütz sogar ungeschickt das Wort ab, als es um serielle Musik ging. Ein Thema, das Buzen weniger zu liegen schien.

Abends übernachtete ich beim Ehepaar Rohlfing. Mutti Barbara, eine äußerst warmherzige Frau, umarmte mich gleich dreimal. Leider muß ihr morgen früh ein Eckzahn gerupft werden. Der borstenbärtige Herr schien mir hingegen heute etwas trocken gestimmt.

Er arbeitet im Hochsicherheitstrakt der JVA Celle: Jeden Tag schiebt er den Häftlingen ein fades Frühstück durch die Luke und lässt ihnen, die da so gekrümmt und gelangweilt herumsitzen, ein paar aufmunternde Worte angedeihen, damit sie keinen Suizid begehen.

November 1999

Montag, 1. November
Celle - Aurich

Zunächst sonnig. Dann überzogen.
In Aurich stürmte es leicht

In mein morgendliches Gedankengebräu mischte sich Bedenkliches: Was alles passieren könnte!
Ich dachte dabei an Buz als Gast bei der Familie Anschütz, und unschöne Szenen rauschten in meinem Inneren auf:

Buz zieht ungeschickt an der Tischdecke, und das ganze alte Familiengeschirr geht zu Bruch! „Oh je. Das tut mir leid!" sagt Buz und wühlt wie ein Wahnkranker in der Nase, da sein Gehirn ob dieses Unglücks auf „Error" schaltet.

Frau Rohlfing hatte mir ein Frühstück zubereitet, und auf dem beleuchteten Stövchen stand ein köstlicher Tee für mich bereit.
Immer wieder schwenkte ich meine Blicke durchs Fenster auf die Straße hinaus. Ob mein Papa vielleicht endlich mal käme?!
Wahrscheinlich hat er sich nicht gescheit gemerkt, wo das Haus steht, oder er unterrichtet die kleine Miriam im Dödldöööspiel auf der Violine – Zeit & Raum enthoben? zerstreute ich meine eigenen Bedenken und dachte mir aus, wie ärgerlich es jetzt wäre, wenn ich hier die Kaffeekanne hinabschmisse!
Buz kam und kam nicht. Ich schrieb ein kleines Brieflein an die Dame des Hauses, und zu meiner

83

Überraschung wurde ich von einem fantastischen Briefschreibeschwung erfasst, so daß der kleine Zettel gar nicht ausgereicht hat, um meinem Mitteilungsdrang gerecht zu werden! Als Buz dann immer noch nicht kam, begann ich mir Sorgen zu machen, ob dereinst im Buch des Lebens zu lesen stünd´ *schließlich bestätigte sich meine Sorge, daß Buz in der Nacht zum 1. November 1999, mit nur 61 ½ Jahren in Celle verstorben ist.*

Bekümmert überlegte ich mir Folgendes:
Buz sucht und sucht, doch das Haus, an dem er mich gestern abend abgeliefert hat, ist wie vom Erdboden verschluckt, und an jener Stelle, die er sich gemerkt hat, befindet sich lediglich eine Weide mit ein paar drögen Kühen drauf.

Buz ist dann irgendwann doch gekommen, und wir fuhren nach Aurich zurück. Im Auto sprachen wir über die Kunst der Interpretation. Dadurch, daß man als Interpret ein Diener der Musik sein sollte, mußte ich über den Begriff „Diener" nachsinnieren.

Am liebsten ist einem doch wohl ein Diener, der weiß, wo´s lang geht, und einen Blick für alles hat, und am unliebsamsten einer, der rumsteht und Dinge sagt wie: „Ja, das müssen *Sie* wissen!"

Beim Bettgang am Abend war ich leicht deprimiert, weil Rehlein am Telefon so gestresst geklungen hatte. Und so fühlte ich mich leer, einsam und bekümmert, als ich unter der Bettdecke verschwand.

Dienstag, 2. November

Angenehm frischer,
wolkig spätherbstlich
und wolkenbepflasteter Novembertag

Am Morgen rief ich die Frau Homberger vom Kasseler Konservatorium an, um meinen Vorstellungstermin zu verschieben. Ich erzählte der mütterlichen Frau auch warum: Wegen Opas 90. Geburtstag! Wie oft muß man hören, daß Senioren genau an ihrem 90. Geburtstag versterben (die Aufregung!), und wenn der Opa am Abend seines Neunzigsten versterben sollte, muß man sich für den Rest des Lebens die bittersten Vorwürfe machen, nicht bei ihm gewesen zu sein!

Zum Frühstück legte Buz eine Videokassette mit Saint-Saëns mitreißendem Cello-Konzert ein – interpretiert von einem dynamischen jungen Engländer. Sogar ein kleines Kind hat er schon, und einmal hat man gesehen, wie das kleine Kind so ungeschickt auf seinem Schaukelpferdchen schaukelte.

„Genau wie du früher! Ich zerkringel mich!" rief Buz erheitert aus.

Zuerst hatten sich meine Lieben so gefreut, daß ich so früh sprechen konnte, doch dann hat man bald bemerkt, wie ungeschickt ich dafür bin.

Nach dem Frühstück spielten wir Probe-unterrichten, und Buz mußte den fortgeschrittenen Schüler Hartmut Schmalz verkörpern. Buz spielte mit krächzeligem, unbeholfenem Ton, und ich mußte schauen, was er wohl falsch mache? Viel zu kompliziert dokterte ich pädagogisch herum, und dabei sollte der Unterricht klar und einfach sein. Die Saite solle man mit Hilfe des Bogens, der als verlängerter Arm agiert, in Schwingung versetzen!

Buz ist bei Mozarts A-Dur Konzert immer voll in seinem Element, und holte sogar die Partitur herbei, weil ihm so viel einfiel, was man Hartmut Schmalz beispielsweise über den Verlauf der Harmonien erzählen könnte.

Während ich übte, dachte ich schon an das Mittagessen, das gekocht werden, und an den Einkaufszettel, der geschrieben werden wollte! Nicht nur die Menschen wollen immer etwas von einem, sondern auch sonstige Dinge!

Dann hab ich aber doch nicht einkaufen müssen, da Ming vor seiner Abreise noch Kohlrabi und Karotten gekauft hatte, und ich besann mich auf *das*, was ich neulich bei einem Gourméekritiker gelesen habe: Daß man puristisch kochen solle. Der beste Beethoveninterpret sei jener, der nur das spielt, was in den Noten steht, erläuterte ich Buzen, der schon wieder so nett, und vorallendingen gekonnt, Apfelsaft für uns auspresste.

Heute kochte ich braune Biospaghetti mit Möhren und Kohlrabi puristisch. Doch Buz beklagte sich nicht.

Am Nachmittag ist die quirlige belgischstämmige Frau Huijten mit ihrem Sohn Tamme gekommen, von dem es heißt, er sei 3,5 cm gewachsen! (Frägt sich nur, seit wann?)

Buz hatte den Tamme nicht zuletzt bestellt, damit ich meine pädagogischen Fähigkeiten an dem zarten Bündel Bürschl erprobe.

Hektisch in die Noten schielend, und mit einem schief verdrehten Kopf, spielte der Jüngling den letzten Satz von Schuberts D-Dur Sonatine. Etwas kopflos hatte er sich in das musikalische Geschehen gestürzt, und wurde von Zeile zu Zeile unzufriedener mit sich.

Beim Blättern rief er auf seine sanfte Art aus: „Ich beginne am besten nochmals von vorne!" Buz hat aber wollen, daß ich gleich den pädagogischen Hebel ansetze, und ich muß gestehen, daß ich mich mit einer zwar reifegemilderten, aber doch ähnlichen Kopflosigkeit ins pädagogische Geschehen gestürzt habe, wie der Tamme ins musikalische.

Symbolisch gesehen wie jemand, den man ins Wasser stößt, und der nun wilde Paddelbewegungen mit beiden Armen vollführen muß, um zu überwässern.

Ich riet, zu singen, in die Luft zu springen, und griff nach Weisheiten, die man aus Buzens pädagogischer Schatztruhe so kennt. Bald spürte ich, wie

Buz in meinem Nacken vergnügt dabei wurde, daß ich doch so nett unterrichten kann!

Buzens empfindsamen Sensor für Strich- und Klangqualitäten im Nacken spürend, mußte ich leider auch schon bald zum Didddlдöööö-Geübe hinüberschwenken. Etwas, was nun schon seit fast 40 Jahren unser Heim durchzieht, und unsere häusliche Aura entscheidend mitgeprägt hat.

Mittwoch, 3. November

Am Morgen lachte froh die Sonn´ mir ins Gesicht,
und ein so wunderschöner Tag
schien Einzug halten zu wollen,
doch die Müdigkeit verließ mich nicht…

…gerad so, wie in Opas Gedicht.

Irgendwann, so wurde mir klar, kommt die Zeit, wo man das Weltgeschehen nur noch gleichmütig und unbeteiligt aus der vierten Dimension heraus beobachten will, weil man nicht mehr die Kraft hat, seine träge gewordene Masse täglich von neuem auf die Füße zu wuchten.

Am Vormittag kam der Tone, um Buz und mich zweng* irgendwelcher Anlagegeschäfterln in die Bank zu begleiten. Äußerst schnittig fuhr uns Buz ins Auricher Parkhaus, und alsbald stürmten wir das Bankgebäude. Mein eines Bein fühlte sich plötzlich komisch an: So, als sei jener Strang im Gehirn, der zu diesem Beine führt, den Jahren geschuldet dünn gedröselt worden. Eine süßliche Schwäche im Bein breitete sich aus, und so plagten mich schon wieder unfroh stimmende Gedanken, als wir uns durch die Drehtür in die Bank zwirbelten. Innen herschte eine gedämpfte, etwas steife, aber durchaus auch festliche Atmosphäre, und ich fühlte mich auf surreale Weise so, als habe man **ES** geschafft: *Ohne große Diskussion hat Petrus einen durchs Himmelstor gewunken, und nun ist man auf den ersten Blick fast ein bißchen enttäuscht. Dies soll Gottes viel besungene Herrlichkeit sein?*

Sehr gut beriet uns die Vermögensberaterin Frau Engelbarz, die uns in ihr verglastes Büro gebeten hatte.

Frau Engelbarz hat gar gemeint, ich sei Buzens Ehefrau!

Buz hat 120 000 Mark verdient, und wie´s so ist, bei solch einer aufgeschäumten Vermögenslage: Hat man so viel, so hätt man gern noch mehr, und Buz vertraute ganz und gar auf Tones Knoff-Hoff.

Zum Schluß stand auf dem Bildschirm in Frau Engelbarz´ Büro: "Der Dialog ist beendet."

Darüber lachte Frau Engelbarz, die bankbedienstetengemäß wie aus dem Ei gepellt ausschaut, erheitert.

*Österreichischer Ausdruck. Eine Mischung aus „zu" und „wegen"

Wie oftmals im Leben schwenkte Buz die Rede darauf, ob ich nicht mal ein Jahr lang in Tokyo an der Musashino Universität unterrichten wolle, und weitete seinen Vorschlag dahingehend aus, daß ich Englisch lernen möge. Ich aber bin die ewigen Sprachbarrieren dahingehend leid, daß ich kein Ausländer mehr sein mag.

Und somit scheint´s, als schwebe mir für den Rest des Lebens das Motto von der Tante Theres aus den Lausbubengeschichten von Ludwig Thoma vor: "Bleibe im Lande und nähre dich redlich"

Ich erfuhr, daß eine Reise auf den roten Planeten (den Mars) vier Jahre in Anspruch nähme. (Allein die Hinfahrt. Dann bleibt man ein paar Stunden, bis einem langweilig wird, und wenn man dann wieder auf der Erde ist, sind alle die man kennt um acht Jahre älter geworden!

Ich regte an, daß man doch ein riesiges Gefängnis auf dem Mond eröffnen könne, und daß dies vielleicht abschreckend wirke, da doch niemand drei Tage lang eng in eine Rakete gepresst durch das Weltall fliegen möchte, und hinzu noch in Sträflingskleidung!

Donnerstag, 4. November

Schön sonnig

Am Morgen meines 37. Geburtstags ging´s mir seelisch nicht ungut. Zumindest in jenem Sinne, daß ich mich mit dem wohl unvermeidlichen Alterungsprozess abgefunden habe. Von meinen Träumen weiß ich nur noch, daß sie vom dünnbeinigen Amadeus H. durchwoben waren.

In Herrn Waldemeyer, einem Bewohner der Graf-Enno-Straße, der in seinem Grundstück die welken Herbstblätter zusammenkehrte, fand ich einen ersten Gratulanten. Der wirklich entzückende Herr hatte in der Nacht sogar daran gedacht, und sich schon überlegt, ob er mich lieber anrufen, oder mir lieber schreiben solle? Und nun wurde ich ihm, so wie es zuweilen im Leben kommt, gratis ins Blick- bzw. Gratulationsfeld hineingespült.

Zum Frühstück hörten wir eine Liszt Rhapsodie, kunstvoll auf dem Klavier dargeboten, und als Buz das sehr plakativ aus dem Lautsprecher dröhnende Klavierspiel etwas leiser drehte, klang´s nurmehr wie von einem Untermieter interpretiert, und man muß sich bei einem Interpreten doch wohl als Erstes fragen: „Möchte ich diesen Menschen als Untermieter haben?"

Ich hatte mich schon so auf meinen Geburtstag gefreut, doch irgendwie geschah gar nichts. Auch die erwartete Flut an Anrufen blieb aus. Die erste telefonische Gratulantin war die Omi, und zur Mittagsstund´ rief mich das Lindalein an. Das Telefonat aus Übersee sah allerdings folgendermaßen aus: Alles was ich sagte, bildete im Hörer ein Echo, so daß es stets meine eigenen Worte waren, die mir wieder entgegenschlugen. Und wenn man dann doch einen kleinen Horch auf Lindas bezaubernde Stimme zu fassen bekam, dann dachte ich, *ich* sei´s, die da mal wieder einen Unsinn redet. Hahaha – dies dachte ich natürlich nur so lange, bis die Worte in mein Bewußtsein einsickerten.

Ich erzählte der Linda, wie der süße Buz heute schon im Haushalt gewütet hat, und sogar den Staubsauger aufheulen ließ. „Es klang von oben wie eine professionelle Putzfrau!" berichtete ich stolz.

Die Linda wiederum erzählte, daß Ming gesagt habe, Buz huste mittlerweile wie der Opa, und schaue so viel fern wie die Mobbl!

Einmal spielte ich auf Buzens Violine die beiden letzten Sätze der Carmen-Fantasie geradezu verblüffend in der Art eines echten Virtuosen (temperamentvoll und frei). Buz hat aber nichts weiter dazu gesagt, sondern frug nur, ob die Geige bequem zu spielen sei?

Zur Mittagszeit nahmen wir eine kleine Brotzeit ein. Dadurch, daß so schön die Sonne schien, drängte es den Pavian in Buzen in den Wald.

Gegen viere fuhren wir los.

Im Radio interpretierte Francoise Duchable das Fantasie-Impromtu von Chopin. Gut zwar, doch mir schien die Poesie „am Stil beschnitten".

Als wir durch den sinkenden Sonnenschein so dahinschritten, wurde ich plötzlich etwas traurig, weil an meinem Geburtstag so gar nichts abging. Buz redete auch bloß über Violintechnik, so als gäb´s kein anderes Thema auf der Welt. Er examinierte mich in Anbetracht meiner Kasseler Bewerbung — bzw. bombardierte mich mit Examinierungsfetzen: „Wie funktioniert der Lagenwechsel?" Am liebsten wäre ich in Tränen ausgebrochen und hatte gesagt: "Ich hab doch Geburtstag heut!" Doch Buz hätte wenig Verständnis dafür, und andererseits muß man ja auch froh und dankbar über Buzens Klugheiten sein, und so blieb ich die ganze Zeit über nett und interessiert.

Buz radelte zum Combi, um etwas Leckeres zu kaufen, und währenddessen rief Ming an: "Häppi börsdäi to you!" parodierte Ming einen Normgratulanten.

Erst heute hatte ich darüber nachgedacht, wie das wohl ist, wenn Ming dereinst mal vierzig ist?? Einen über 40-jährigen Ming kann ich mir zur Stund (noch) nicht vorstellen, doch wenn die Zeit weiterhin so unbarmherzig voranrieselt, muß man sich wohl eines Tages mit einem in die Jahre gekommenen Menschen abfinden, der nach Art einer Blüte gewelkt ist?

Abends rief mich meine Freundin Simone an.

Buz saß am PC, und erfüllte mir meinen Geburtstagswunsch, indem er nämlich die „Aktion Blitzpädagogik" niedertippte. Die Überschrift im Stile von Herrn Hamann („Aktion Streichquartett") hatte ich ihm sogar eigenhändig niedergetippt, und Buz sollte über jeden Aspekt des Violinspiels *das* schreiben, was man in zwanzig Sekunden Kluges darüber sagen könnte.

Und dies wollte ich dann auswendig lernen.

Jetzt saß unser süßer Papa so eifrig vor dieser Aufgabe - mit einer Ausstrahlung, als könne man ihm eine rostige Spritze in den Po jagen, und er würde es nicht bemerken, wie ich der Simone mit einem liebevollen Blick auf unseren Schatz schilderte.

Dann bezog ich oben Rehleins riesiges, sperriges Kastenbett, und Buz & ich fuhren bald los, um Rehlein vom 22:01 Zug in Leer abzupflücken.

Im Autoradio hörten wir eine Sendung über moderne Musik, z.T. interpretiert von Teodore Anzelotti am Akkordeon, der so eine nette Stimme hat. Ich saß neben Buz im Dunkeln und lauschte vorurteilsfrei doch auch ohne großes inneres Erbeben der Moderne.

Kurz vorm Leeraner Bahnhof zog ich Buzen gar den Finger aus der Nas und erzählte, wie die Frau Engelbarz bei der Vermögensberatung gestern ungläubig den Blick auf dem Nasenwühlenden hat ruhen lassen, und ihn gar nicht mehr abwenden konnte, weil sie´s nicht zu fassen vermochte. Nur mit Müh´ konnte sie eine spaßhafte Bemerkung hinabschlucken, die ihr schon auf der Zunge bizzelte. „Na?? Finden Sie den Ausgang nicht?"

Rehleins Zug verspätete sich, und auf dem Bahnsteig war´s kalt und schubberig, so daß ich wieder an meine Zukunft auf zugigen Bahnhöfen denken mußte.

„Bloß, weil ich Herrn Heike nicht geheiratet habe!" denke ich dann, wenn´s so kalt ist, und beschwichtige mich mit angestrengten Gedanken darüber, daß sicher bald mal wieder der Sommer kommt.

Ich gab Buzen eine Mutprobe auf: Er solle den Herrn im Glaskasten fragen, wann der Zug wohl endlich kommt, und dann malte ich uns beiden aus, wie Buz nach Art eines gefühlverhaltenen Hessen sagt: "Meinense, der schafft´s heut noch?"

Schließlich traf das süßeste Rehlein doch noch ein, und unser Leben schien wieder ins rechte Lot gerückt.

„Gottseidank! Man hätte es keinen Tag länger ohne dich ausgehalten!" sagten wir je nett und fuhren alsbald heim.

Ich war ein bißchen traurig zu hören, was der Opa bloß mehr für ein verglimmendes Lebenslicht sei? Jetzt muß er auch noch Diät leben. Ich weinte fast. Telefoniert hab ich daheim mit dem Opa auch, doch er wirkte fahrig und müde. Nur noch die ausgebrannte Ruinenhülse des so lebhaften und mitreißenden Opa von einst.

Freitag, 5. November

Zart-sonnig,
allerdings zog gegen Mittag Bewölkung auf

Rehlein hatte sich am Morgen elegant gemacht: Mit jenem grauen Jackett, wo der Frosch von Buzens kostbarem Hillbogen als Brosche drangeheftet ist, und dennoch sträubten sich mir schon kaum sichtbar, so jedoch flächendeckend die Nackenhaare vor eventuellen ehelichen Spannungen.

Wenn ich alleine bin, scheint es mir immer so leicht, eventuell aufkeimende Ungemütlichkeiten mit einem lockeren Wort zu neutralisieren, doch im wahren Leben ist das gar nicht so einfach.

Beim Frühstück belehrte Rehlein Buzen, daß kein Apfelsaft aus der Maschine tropfen dürfe, weil man sonst hineindappt, und die Flüssigkeit durchs ganze Haus trägt, so daß andere mit ihren Pantoffeln unschön daran kleben bleiben. Rehlein war zwar nett, behielt das Belehrende allerdings den ganzen Vormittag bei. Wir sprachen über die Vermögensberatung, und Rehlein sähe es so gern, daß Buz auch ein bißchen lerne, sich mit dem Dow-Jones auszukennen, wo er doch ohnedies jeden Mittag nasbohrend stumpfsinnig auf die Börsen-berichte im Mittagsmagazin draufschaut, (bißchen überspitzt formuliert) sagte Rehlein.

Nach dem Frühstück schuftete der Papa mit mir.

Zunächst stand Mozarts A-Dur Konzert zu pädagogischen Zwecken auf der Agenda, und dann schwenkten wir zur Carmen-Fantasie hinüber. Buz war sehr genau, und versuchte einen wirklich zwingenden Rhythmus aus mir herauszuholen, und wenn meine bemühte Darbietung nur ein Mikroμ von Buzens Vorstellungen abwich, machte Buz es gleich mit häßlichen Worten wie beispielsweise „verwaschen" und „wabbelig" voll-madig. Und ich war doch so stolz auf meine Carmen-Fantasie! Hinterher fühlte ich mich innerlich leergesaugt, und stand so da, als Rehlein kochte, und unserer Haus-haltsführung hinterherkritisierte: Z.B., daß man die Schwämme nicht gescheit ausgewrungen habe, so daß sie jetzt unschön müffeln. Etwas, das allerdings nur Rehlein riecht, da Rehlein über die geschärften Sinne eines Naturwunders verfügt, und ihre Nüstern mit tausend Riechzellen mehr ausgekleidet sind als jene eines normalen Menschen.

Rehlein briet riesige Fleischinseln, und hinzu gab´s Kartoffelpüree und Sauerkraut, in welches ich, durch Rehleins Belehrungen leicht erlahmt, erschreckend träge ein paar Äpfel hineinschnitt.

Rehlein erzählte, wie sie sich im Zug gleich freudig an einem Tischchen niederließ, und Briefpapier vor sich ausbreitete, doch die ganze Zeit über kam sie nicht zum Schreiben, weil ein siebenjähriges Mäd-chen danebensaß und ihrem Papi die Taubstum-mensprache beibrachte. Rehlein konnte die Augen gar nicht mehr abwenden, und war so begeistert von dem süßen kleinen Kind.

Spaziergang im Egelser Forst:

Meine Stimmung kippte leicht: Lahm war ich sowieso, jetzt aber spürte ich geradezu schmerzhaft meine diversen ungünstigen Erbströmungen so überdeutlich: Vom Onkel Otto den Hang zur Einsiedelei, von Buzen die Faulheit, von Rehlein das Dalton-Syndrom*.

Ich entspannte meinen Mund solcherart, daß er unreflektiertes Zeug vor sich hinquasselte. Um nicht zu tief in die Lahmheit zu versinken, rief ich den Erwachsenen, die etwas lebensgegerbt durch´s Laub stapften, ein stimmungserhellendes "Gleich bin ich geistig erfrischt!" zu.

*Man hinkt seinen unzähligen Vorhaben hinterher, und wird beständig vom Pfade sinnvollen Tuns hinabgepustet

Wir kamen an eine graugepflasterte Wegesgabelung, die sich in drei verschiedene Himmelsrichtungen verzweigte. Links stand eine Kuh und musterte uns. Buz lief um die Kuh herum, um zu schauen, wie sie den Kopf nach ihm umbiegt.

Und tatsächlich: Zwar gab sich die Kuh auf eine dumpfe Weise nicht übermäßig interessiert, doch auf träge Weise bog sie ihr Haupt denn doch nach Buzen um.

Beim Weiterlaufen sprach man allgemein über Mings Karriere, bzw. darüber, daß Ming bald mit der Tochter von Kurt Masur (einer Sängerin) musizieren solle. „Die wird schon gut sein, denn sonst würde ihr Vater sie wohl kaum öffentlich singen lassen?" mutmaßte der stets optimistische Buz positiv, und ich dachte uns aus, *wie Ming nach Art eines arroganten Wieners in der Probe nach der ersten Seite die Hände von den Tasten nimmt. "Erlaubt es Ihnen Ihr Herr Vater tatsächlich so aufzutreten?" frägt er. Die Sängerin ist durch diese Frage ganz befremdet. „Ja?! Wie?!? Hallo?!?" sagt sie verständnislos.*

„Dös wundert mi!" sagt Ming, „guat, gehn ma weiter!"

Wieder daheim:

Rehlein wütete ganz lange in der Küche herum, und erzählte mir, wie sie Buzens Familie früher über alles erhoben hatte, und ihre eigene Ursprungsfamilie darüber fast vergaß.

„Wie Ming die Otloffs und Baumfalks!" rief ich lachend aus, und tatsächlich fühlt man zu Bekannt-schaftsbeginn zuweilen das Bestreben, die Familie der Gegenpartei zu glorifizieren.

Im Fernsehen sah man, wie Kanzler Schröder bei seinem Staatsbesuch in China eine Chinesin küsste, und ich dachte mir gleich aus, *wie sich der rastlose Schröder schon wieder verliebt habe, und die Doris kann da gar nichts machen, da doch die Liebe eine Himmelsmacht ist!*

Eine zarte Chinesin, 32 Kilogramm leicht. Der Schröder bekennt sich seiner Art gemäß auch gleich zu seiner neuen Liebe.

„Wenn du mich ohnehin für einen Schuft hälst…wo liegt dann das Problem für dich, Doris?" gebraucht er nun die selben Worte wie einst für seine Hillu, und nur das Wörtchen „Doris" ist neu.

Dann saßen wir beim Tee, liebten uns familiengemäß innig, und dachten über das dritte Kind nach, das Rehlein und Buz einfach verpasst haben, obwohl man damals in Japan doch in Erwägung gezogen hatte, die Vermehrung fortzusetzen. Eigentlich wollte man immer sehr gern noch ein drittes Kind, doch man hatte so viele Termine, und eines Tages war es zu spät.

Das dritte Kind aber hätte eine unglaubliche Aura, würde fantastisch Cello spielen. Früher hatte ich Ming ständig Saito*geschichten erzählt, und dem dritten Kinde würde ich heut Otten**geschichten erzählen. Ich erzähle drauf los, und lasse mich von meinen eigenen Geschichten überraschen.

*Hausmeistereheleute in Japan   **Nachbarn in Aurich

Ich rief unseren Freund Xie an. Seine Frau Juliane kam an den Apparat, und schien mir ziemlich ausgehungert nach Konversation. Ich erfuhr, daß der Xie noch im Dienst sei, und wir Damen verstanden uns recht gut. D.h., ich war gerührt und erfreut, daß die Juliane so nett ist, schaffte es selber allerdings nicht, in inspirierendes Kielwasser zu gelangen, da man sich als Frau, die den Mann einer verheirateten Dame anruft, äußerst verdächtig fühlen muß, so daß man dazu tendiert, sich leicht beamtlich zu geben.

Am Abend sprach mir die Hilde sehr nett auf den Anrufbeantworter, und Buz tat so, als habe er es nicht gehört. D.h., beim Klang ihrer Stimme stieb er einfach von dannen.

Beim Anrufsbeantwortermelken entdeckte ich eine Botschaft vom Opa, die sich ganz welk anhörte, und so rief ich gleich zurück. Der Opa erzählte, daß Frau Picker angerufen, und nach mir gefragt habe.

Ich rief auch gleich in Linz an, und auf Art von Herrn Bloser sagte Frau Picker atemlos: „Franziska, ich rufe Sie augenblicklich zurück!" und warf den Hörer auf, um mir telefonische Unkosten zu ersparen.

Ich erzählte, daß ihr 81-jähriger Mann am Telefon neulich so munter und lustig war, und Frau Picker lachte glockenhell und sagte so süß: "Zum Lachen!"

Aber da Frau Pickers Leben auf eine frostbeulige Art traurig und mit Kümmernissen nur so gespickt ist, dauerte es auch nicht sehr lange, bis ich etwas durch und durch Betrübliches erfahren mußte: Ihr Bruder sei leider gestorben, und dies mit gerade eben mal 75 Jahren....

Mit diesem bedrückenden Wissen behaftet, setzte ich mich zu meinen Lieben an die Abendtafel.

Ich dachte mir aus, wie es wohl wäre, wenn morgen der erste internationale Nackttag stattfände, da sich die Politiker ja oft und gerne einen Unfug ohnegleichen einfallen lassen? *Man darf nichts anziehen, alle müssen nackt zur Arbeit gehen. Selbst im Supermarkt kaufen nur Nackte ein, und an den Kassen sitzen nackte Fräuleins.*

„Oh je, meine Börsl befindet sich daheim in meiner Hosentasche!" mag da so manch einem Nackten kurz vorm Zahlvorgang siedendheiß einfallen.

Meine Eltern liebte ich am Abend unglaublich.

Samstag, 6. November

Stürmisch, regnerisch

Daheim probte das Lambertiquartett:

Im Musikzimmer wurden die Notenständer zusammengeklaubt, Noten gesucht....

Den Herrn im Knollennasenkiosk, bzw. den Kioskbesitzer mit der Knollennase habe ich so gern:

Es handelt sich um einen armen, vom Himmel geprüften Herr mit einem schweren Schicksal, der vielleicht „dank" seiner Nase nie eine Frau abbekommen hat? Doch in einer Hinsicht hat er Glück: Mit seiner Mutter, einer freundlichen rundgesichtigen und rosigen Dame, die ihn ganz so liebt, wie er ist, und die häßliche Nase als solche überhaupt nicht wahrzunehmen scheint?

„Es ist kalt geworden!" suchte ich den Dialog.

„Ja. Kalter Wind und stürmt!" sagte der Friese verbindend.

Im Zentral-Café wurde ich von einem Gefühl des Behagens umarmt, zumal die freudlose Bedienstete auf einmal so nett geworden ist. Dadurch, daß sie früher immer so freudlos war, ist ihre frisch aufgeblühte Nettigkeit eine echte Kostbarkeit, mit welcher umzugehen man auch erst lernen muß.

„Moin, Frau Kööönig!" sagte sie, und daraufhin hätte ich beinahe „Danke!" gesagt, weil sie mir so eine üppige Begrüßung zuteil werden ließ, die ich gar nicht verdient zu haben glaubte. Ich sagte aber bloß „da" und hielt dann inne, weil ein Dank an dieser Stelle ein bißchen unpassend gewesen wäre.

Beim Abendessen:
Rehlein lobte Buzens köstlichen Apfelsaft, doch Buz ließ das Lob auf Hessenart einfach an sich abperlen.

Ich breitete folgende Überlegung aus:
Wenn man ziellos und ohne erkennbaren roten Faden vor sich hinlebt, so reagieren die Mitmenschen mit dem größten Bedenken darauf, und man fühlt sich auf Erden deplaziert. Ist man aber beamtet, und geht jeden Tag zur Arbeit, wird ebenfalls mit großem Bedenken darüber hinter einem herpsychologisiert, in welch festgefahrener Nische man nun wohl Platz genommen habe, und wenn man berühmt ist wie Rex Gildo und tierisch Kohle macht, so sei dies auch bedenklich!

Sonntag, 7. November

Regnerisch. Am Nachmittag hin und wieder ein
Lächeln am Himmel, umrahmt von rosa und
glutfarben beleuchteten Wolken.
Dann wieder Regen

Am Abend ereilte uns ein Telefonat von der Tante
Bea aus Übersee.

Man wärmt sich an, versucht - der Entfernung ein
Schnippchen schlagend - ein Wiedersehen auf die
Beine zu stellen, doch wie ich schon erahnt hatte,
wird die Bea den Opa zu seinem 90. Geburtstag
nicht besuchen, weil ihr der alte Mann, seitdem er alt
ist, wurst ist. Etwas, was man vielleicht verstehen
kann, und dennoch stieß mich die Art von der Bea
„ihr Leben zu leben" irgendwie ab.

Wie einfach es doch immer ist, honigsüße Worte
zu machen. Doch in der Not ist nur Rehlein für
einen da!

Plötzlich merkte ich, daß sich die wahren Freunde
tatsächlich erst in der Not zeigen.

Früher war ich der Meinung, die Freunde müsse
man sich nach der Vermissungshalbwertzeit
aussuchen, doch dessen war ich mir jetzt nicht mehr
sicher. Ein Reifeschritt!

Montag, 8. November

Zart-roter Sonnenschein. Zuckerwattenähnliche
leicht gerupft wirkende
poetisch eingefärbte Wolkenbänke

Im Traum *saß ich an einem üppig gedeckten Tisch und
hatte mich mit jemandem festgeplaudert: Ich erzählte soeben,
daß dies wohl das Schlimmste für einen Musikanten wäre,
wenn er sooo lange geübt hat, und es dann lediglich heißt, er
spiele „guuuht" (bedächtig und auf leicht skeptische Weise
nach Art einer brummig vor sich hinmuhenden Kuh
ausgesprochen),* als der Wecker zum Tagesgeschehen
auftönte, und mir das Gefühl hinterließ, sehr gut
geschlafen zu haben.

Ich arbeitete an einem Brief an Ute B., schickte
einen kleinen Teil von meiner Aura mit, und
schrieb:"...doch man weiß allgemein, daß solch
kleine Aurareste beim nächsten Hausputz vom
Staubsauger wieder hinweggesaugt werden..."

Einmal hätte ich geschworen, daß Buz in seinem
Schlafanzug die Treppen hinaufgelaufen war. Oben
kam er indes nie an!
Ich machte gleich eine Geschichte daraus:
*Wie Rehlein zur Polizei geht, um ihren Mann als vermisst
zu melden.*
*„Seit wann?" frägt ein Polizist und hebt überraschend
interessiert den Kopf, um Rehlein frontal und mit einem
gewissen Wohlwollen zu mustern.*

„Seit einer viertel Stunde!" sagt Rehlein, und die Polizisten tauschen belustigte Blicke aus. „Sie sind die 67. heute!" sagt einer, „ist ihr Mann volljährig oder nicht?"

„Schon.." sagt Rehlein ungerührt," doch die Umstände seines Verschwindens sind höchst dubios: Meine Tochter hat gesehen, wie er im Schlafrock die Treppe hinauflief, doch oben kam er nicht an!"

Unser Frühstück verlief nett und normal – sieht man mal davon ab, daß das Biobrot gänzlich ungesalzen schmeckte.

Wir sprachen über jenen Herrn aus Kassel, dem der falsche Lungenflügel entfernt worden war, und einmal wurde Buz vom Telefon hinweggesogen, und ich erzählte Rehlein, wie es Buzen bei Telefonaten so geht wie Herrn Hecker aus Braunschweig, einem Herrn, der für sein Leben gern telefoniert: Klingelt das Telefon, so bewegt ihn ein Gefühl jener Art, als würde ein Schiffsbrüchiger plötzlich Land sehen.

Wenn das Telefon bimmelt, so blitzt den Herren ein Zeichen aus der Freiheit zu.

Später hat´s dann geheißen, es sei die Nora gewesen, und ich psychologisierte Rehlein an, wie Buz sich beim Telefonieren über sich selber ärgert, weil er es nicht fassen kann, daß sein Herz bei dieser sauertöpfischen Frau plötzlich schneller schlägt.

Am Vormittag praktizierte ich mit neuem Schwung die Stopuhrmethode: Briefeschreiben kam dran, und endlich schrieb ich dem George. Ich schilderte wie ich grade in Mings ordentlichem

Zimmer säße, wo die Lampe so ungeschickt an den Tisch geschraubt ist, daß sie sich beständig helmartig über meinen Kopf stülpt, und meine Haare ansengen möchte! Sogar eine Zeichnung fertigte ich an.

Zum Abendbrot lief wie alle Tage der Televisor: „Die Männer vom K 3", und ich mußte lachen, weil in dieser Serie immer so übertrieben nackt und bloß der „rauhe Alltag" dargestellt werden soll. Dauernd hört man unflätige Ausdrücke, mit denen einfach nur so um sich geworfen wird, und niemand hat sich um geistvolle und feine Dialoge im Drehbuch bemüht.

In der CDU ist eine Million verschwunden, und auch Kanzler Kohl weiß von nichts, und zu einem Journalisten sagte er frech: " ..und wenn Sie noch so sehr ihren Spurensicherungsblick aufsetzen…".
Egon Krenz ist zu 6 ½ Jahren Knast verurteilt worden, und somit sehr verbittert. In den nächsten 2-3 Wochen sollte er die Strafe antreten, weil sonst eine Mahngebühr fällig wird.

Dienstag, 9. November

Zuweilen quellbewölkt.
Regen, und doch ab und zu
novemberliche Leuchtschimmer
durchs aufgerupfte Wolkenbild

Auf Rehlein wartete heut zu einer höchst seltsamen Zeit – um 8:30 - eine Verabschiedung: Ihre eigene aus dem Schuldienst.
Ich legte zwei meiner Lieblingshits ein: Bruckners nullte Symphonie, dritter und vierter Satz.
„Das Schöne an Bruckner ist, daß immer alles so oft repetiert wird, daß man´s nicht beständig zurückspulen muß!" dozierte ich Rehlein an.
Dann lauschten wir dieser seltsamen Genialität ungläubig, und freuten uns, daß wir so hören, wie

wir eben hören. Ich versetzte mich in einen kritischen Musikhörer oder Analytiker hinein, der sich beständig fragen muß: "Warum?" und frug mich, ob man bei diesem beständig unbequemen Hinterfragen wohl noch einen Genuß an der Kunst hat?

Einmal lachte ich vergnügt bei der Idee, wie Rehlein in ihrem nächsten Früchtebrotbrief ganz unaufdringlich miteinfließen lässt: "Die Kika ist mit ihren 37 Jahren nunmehr in einem Alter angelangt, wo die Frauen langsam anfangen, auszusehen wie Männer." Dieweil ich nämlich seit gestern einen grauen Herrenpulli trage.

Heute hatte ich damit begonnen, Scherzo und Melodie von Tschaikowski nach meinem neuen System – täglich eine Seite auswendig zu lernen – für mein Vorunterrichten in Kassel einzustudieren. Im ersten Stück geht es ratterig zu, so als poltere ein Schnellzug auf rostigen Gleisen Richtung Moskau, und wenn man dann herumüberlegt, was man zu einer Russin wohl darüber sagen solle, dann wird einem heiß und kalt vor Hilflosigkeit.

Versetzen Sie sich in Ihre alte Heimat zurück.

Wir sprachen darüber, daß im Grunde jedes Land „etwas anzubieten habe". Aber kurioserweise stellen ausgerechnet die feurigen Italiener eher unpersönliche Interpreten und Dirigenten (Pollini, Accardo, Michelangeli, Giulini, Abbado, Sinopoli u.a.)

Wo aber findet man köstlichere Eissorten?

In Japan gäbe es wiederum großartige Regisseure und phänomenale Dirigenten.

Ein Wort gebar das andere, und so trumpfte ich mit einer kleinen Anekdote auf, von der man natürlich niemals erfahren wird, ob sie überhaupt wahr ist? („Man will was gehört haben"....): Wie nämlich ein Pianist aus unserem Bekanntenkreis mal *fast* Karriere gemacht hätte. Der japanische Meisterdirigent Ozawa, der ihn in sein Hotelzimmer bestellt hatte, öffnete in einem Schlafrock, und wünschte eine Massage.

Beschämt schlich sich der junge Pianist hinweg.

Zur Mittagsstund´ ereilte uns eine Wurfsendung von Frau Ulla M. mit Absender aus Aurich! Natürlich durchzuckte Rehlein da ein leiser Schreck, dies sei womöglich jene Uralt-Schülerin Buzens, die extra nach Aurich gezogen ist, um den Kontakt wieder aufleben zu lassen?!

Ich glaubte aber, es sei jene Ulla M., die sich beim Heiko als Verbeugungsfräulein beworben hat, und in ihrem Bewerbungsschrieb dreimal darauf hingewiesen hat, daß sie bereits geschieden sei! So, als sei sie ganz stolz darauf, wieder frei zu sein, und für Vergnügungen aller Art zur Verfügung zu stehen.

Ulla M. schickte uns ein eindeutiges Konzertangebot von Achim Großmann, einem Herrn, der noch ärger dran ist, als ich, denn es heißt ja allgemein und boshaft: „Wer nichts wird, wird eben Liedermacher oder Gitarrist!"

Hinzu ist er zehn Jahre älter als ich, und in sein Konzert auf Baltrum „verirrten" sich ebenmal sieben hörfreudige graumelierte Häupter!

Ich legte die beigefügte CD gleich ein.

„Geben wir ihm eine Chance!" rief ich aus, „und schauen wir, ob er genial ist!"

Die CD klang allerliebst und so freundlich.

Berührt von dem ausgezeichneten und sehr warmen Spiel schlug ich Buzen vor, dem armen Spielmann zu schreiben: "Sie haben so wunderschön auf Ihrer Gitarre gezupft, daß ich Ihnen meine Tochter zur Frau geben werde! Ihr W. König"

Ich war froh und lustig geworden, weil ich mir ausmalte, wie die einsame und unausgelastete Frau M. es sich womöglich zur Aufgabe gemacht hat, unbekannte und erfolglose Künstler ein wenig zu managen?!

Wie eine Praline in die man jeden Moment hineinbeissen könnte, lag´s vor einem, die Unbekannte anzurufen, und ein schönes Angebot zu unterbreiten. Und doch schiebt man´s vor sich her, um das freudig aufgebaute Kartenhaus (noch) nicht zum Einsturz zu bringen.

Ansprechend psychologisierte ich Rehlein über den armen Spielmann an:

Leider sei er weitestgehend arbeitslos, und von dem Gezupfe auf der Gitarre, so sehr es dem Ohre auch schmeicheln mag, kann man finanziell keine großen Sprünge machen. Die Verwandten raten dringend zum Arbeitsamt zu gehen und Arbeitslosenunterstützung zu beantragen. Doch der G. kommt morgens nur mühsam aus dem Bett.

Ein einziges Mal hat er´s geschafft, sich zeitig zu erheben um das Arbeitsamt aufzusuchen, und erfuhr dort, daß er gar keinen Anspruch auf Arbeitslosenunterstützung habe. (Etwas Autobiografisches schwang in dieser Erzählung natürlich auch mit.)

Hernach wollte er sich daheim erhängen, doch als er sich soeben einen Galgen gebastelt hatte, und ausprobierte, ob der auch über seinen Kopf passt, schrillte das Telefon, und ein uralter Freund, der sich schon ganz lange nicht mehr gemeldet hatte, rief schulterklopfend aus: „Achim, altes Haus! Ich hoffe, du machst gerade nichts Lebenswichtiges??"

Rehlein saß am ovalen Tisch, präparierte Briefe für die Geschwister in Übersee, und bestückte die geschmackvollen Kuverte mit lustigen Opa-Fotos, die sie im Kopierladen extra hatte farbkopieren lassen. Der Brief an den Rainerbuben in Kanada geriet dem gefühlvollen Rehlein am nettesten, und dann kam überraschend Besuch:

Herr Seibold mit einem großen Blumenstrauß für das frisch verabschiedete Rehlein, den er auf humorige Weise zunächst hinter seinem Rücken verborgen hielt, bevor er ihn Rehlein leicht unbeholfen hölzern und doch auf anrührende Weise entgegenschnellen ließ.

Rehlein hatte am Morgen eine Art „Zwischenparte" überreicht bekommen. Eine Verabschie-

dungsurkunde mit einem schmalen schwarzen Rand
und vielen Unterschriften drauf.

Erst heute beim Frühstück hatte Buz enttäuscht
darüber gesprochen, daß der Seibold so ganz ohne
Manieren sei: Unlängst im Theater habe er Rehlein
schlichtweg ignoriert!

Doch nun präsentierte sich der Seibold als netter
umgänglicher Mann, der sogar ein wenig aus dem
Nähkästchen plauderte. Beispielsweise erzählte er
von seinem alten Vater, dem eine neue Hüfte ein-
gebaut wurde!

Tee und Lebkuchen hat unser Gast nicht haben
wollen, weil er erst gestern einen Kurs gegen's
Dickwerden besucht hat.

„Ich bin bass erstaunt!" sagte Rehlein zunächst
etwas künstlich, doch dann entspannten wir uns alle,
und zum Schluß waren wir fast so etwas wie
Freunde.

Ich selber hatte hie und da etwas Scherzhaftes von
mir gegeben – doch alles stammte aus meinem alten
Scherzrepertorium, wenn's zwar für den Seibold
auch neu gewesen sein mag? Z.B., daß man ihm das,
was der Lebkuchen gekostet hätte auch in bar geben
könne. Eine Witzelei, mit der der Opa seine
Umgebung gelegentlich zu erheitern sucht.

Am Abend weinte ich ein wenig um den süßesten
Opa, da Ming am Telefon erzählt hatte, der Opa
säße nur noch rum, und mit ihm sei nichts mehr
anzufangen. So telefonierten Rehlein und ich zur
späten Stund´ mit dem alten Mann, den wir doch so

lieben! Ich kritzelte „Ur ai ou dö Uai Gung!" auf ein Blatt Papier. Ein Satz, der allerdings ungelesen blieb und nur so dastand. Dies ist chinesisch und bedeutet: „Ich liebe meinen Opa!"

Rehlein erzählte dem Opa munter, daß sogar Buz Lust hätte, zum 90. Geburtstag zu reisen.

„Sag: Lust hat er schon, aber er sei zu alt!" riet ich. Dann plauderte ich selber noch sehr nett mit dem Opa, und betonte nachdrücklich, daß mein Kommen bereits in den Lüften knistere.

Immer, wenn der Opa hört, daß ich komme, sagt er:

"Haben wir noch Äpfel?" weil ich in seinem Apfel-Doc gespeichert bin.

Man freut sich auf ein Wiedersehen, muß sich aber andererseits eingestehen, daß der Mensch, den man wiedersieht bereits nach kürzester Zeit ein Anderer ist, als beim letztenmal.

Und so erinnert der frohe Ausruf „Auf Wiedersehen!" im übertragenen Sinne an einen Menschen, der ein Fleischstück verzehrt hat, und „Auf Wiederkäuen!" sagt. Das nächste Fleischstück wird ein anderes sein.

Mittwoch, 10. November

Meist sonnig und schön.
Gelegentlich Bewölkungsüberzüge   .

Ich sprach mit dem Heiko über die pianistische Ausbildung von meinem Patenkind, dem kleinen

Johannes: So sehr man Rehlein liebt, so groß schien Vati Heiko aber auch die Notwendigkeit, dem Knirps einen kontinuierlichen Klavierunterricht angedeihen zu lassen.

Vorsichtig, um Rehlein nicht zu brüskieren, lenkte der Heiko die Rede drauf, ob er wohl einen kontinuierlicheren Lehrer für den Herrn Sohn suchen solle? Man habe bereits einen nach außen hin leicht muffigen Typen im Visier, der sogar in der gleichen Straße lebe, und von dem es heißt, er sei ganz nett – allerdings erst, wenn man ihn näher kennt, oder sich ein wenig mit ihm angewärmt hat.

Ich dachte mir plötzlich aus, was das doch für ein herrlich kindgerechter Unterricht wäre, wenn man den Knirps mit einer Kasperlepuppe unterrichtete? „Was spiiiiiilt denn der kleine Johannes heute?" könnte man die Kasperlepuppe kichernd sagen lassen.

Wegen Opas Gedichtbändchen das doch zum 90. fertig sein soll, war Rehlein sehr nervös.

Viele Bedenkungen lagen Rehlein im Magen:

Was wäre z.B. wenn der Lehrerssohn Heiko auf die Idee käme, an Opas sehr persönlicher Ortografie herum zu verbessern?

Ich tippte das Inhaltsverzeichnis für das Bändchen nieder, während Rehlein uns etwas Schmackhaftes kochte.

Heute fand in Aurich das Martinifest statt.

Schon im Schallplattenladen mußte sich die eine leicht verdörrte Verkäuferin ansingen lassen. Sie schaute verdrossen auf die Singenden drauf, um ihnen hernach ein paar kleine Zwergsnickers zu schenken.

Natürlich lauschten wir daheim auch immer wieder den Gesängen, da dies ja eine Bürgerpflicht ist.

Einmal schellten zwei verkleidete Girlis.

„Was wollt ihr singen?" frug Buz in gespielter Strenge wie ein Lehrer.

„Maaaatinus Lutter!" antwortete eine artige Mädchenstimme, und dann sangen die beiden aus „voller Brust heraus" (in Anführungszeichen).

Doch fragt nicht wie!

Der arme Ming ist krank: Fieber!

Der November hat es in sich: Mings bester Freund, der Tönerich sei z. Zt. schwer depressiv, und auch die Nora ist´s.

Donnerstag, 11. November
Aurich - Grebenstein

Wunderschön. Unglaublich zauberisch

Bruckner-Symphonie Nr. 1 zum Frühstück.

Es lief das Scherzo mit dem Motiv „Hörömpö", und ich erzählte Buzen vom Konzertmeister des NDR, Herrn Hörömpö. Wenn das Orchester dieses

Stück spielt, dann hören alle nur das Motiv „Höcömpö" heraus.

Dieser Satz endet so abrupt und überraschend, wie bei manch einem das Leben selber!

Ich räumte den Tisch ab, und mir fielen so viele Arien im Stile von Händel ein. Sie wurden mir einfach von OBEN eingegeben, grad so, als war ich ein echtes Genie, und ich besang Buz mit einer selbsterfundenen Händelarie. Ich als Singende stellte ihm eine Frage, die der stets Geistesabwesende aus Geistesabwesenheit ohnehin nicht beantwortete: „Hast Du die Omihii-hi-hi-hi-hi- ü-hü-ber unser Koho-hohommen informiert?"

Immer länger und ausufernder sang ich an dieser Frage herum.

Später sprach ich mit Rehlein nur durch die Kasperlepuppe in meiner Hand, und nachdem ich Rehlein zum Abschied mit den schönsten und schmeichelhaftesten Worten bedacht hatte, mit denen man einen Menschen überhaupt bedenken kann, stempelte das Kasperle auch noch die hinzugehörigen Küsschen auf Rehleins Wangen.

Schweren Herzens nahmen wir Abschied vom süßesten Rehlein.

Erst nach 23 Uhr kamen Buz und ich in Greben-stein an. Die Omi saß etwas zusammengesunken im Rollstuhl,doch anders als in jungen Jahren machte sie uns bzgl. des Zuspätkommens keine Vorwürfe (mehr).

In Omis Zimmer ergötzte ich mich wieder an der wunderschönen kleinen Osterzeichnung, die der süße Buz als Siebenjähriger angefertigt, und für zehn Pfennje verkauft hat, um seiner Mutti davon ein schönes Geschenk zu finanzieren.

An seinem kleinen Verkaufsstand hatte er damals ein Schild angebracht, worauf „Kunstmaler" zu lesen stand.

Die wertvolle Zeichnung hatte ihren Weg zur Omi zurückgefunden.

Freitag, 12. November
Grebenstein - Trossingen

In Grebenstein atemberaubend schön.
Dann dichtbewölkt und kalt

Buz holte Brötchen, und ich mühte mich auf die nette, muntere Art einer jungen Frau mit der Frühstückszubereitung ab.

Bevor Buz stringenten Schrittes das Haus verlassen hatte, hat er geschwind noch meine Bach-CD eingelegt und so getan, als quellen diese Klänge soeben aus dem Radio heraus. Die süße Omi schämte sich so sehr, daß sie´s geglaubt, und sogar kurzfristig gedacht hatte, da spiele jemand noch besser als ich.

Beim Frühstück erwähnte ich Buzens geplanten Saftladen, und entwickelte sogar strategische Schritte, auch wenn´s unserem Familienoberhaupte vielleicht leicht peinlich war: Seine Brüder sind Doktoren und Professoren, und er versucht´s „ön Saftladen"?

„Wenn da nicht die Erbmasse vom Onkel Karl dazwischengefunkt hat!" sagte ich lachend. Früher war es Buzen oftmals peinlich, daß sein Onkel ein simpler Eisverkäufer von Beruf war, während ich heute keine Gelegenheit auslasse, mich grad damit zu brüsten.

Zurück zu den frisch ausgebrüteten strategischen Schritten:

Buz müsste einen Kredit aufnehmen für ein Häuschen aus Holz (ab 2800 Mark beim Baumarkt), den Transport, eine Genehmigung, das Häuschen vor dem Portal der Musikhochschule aufstellen zu dürfen, einen Entsafter, Spülmaschine, geschmackvolle Gläser, Bonusheftchen, und vielleicht eine Bedienstete? Ferner müsste er dem Bankdirektor einen ausgeklügelten Plan vorlegen, worauf zu lesen steht, auf welche Weise ihm wohl vorschwebe, das Geld innerhalb der nächsten sechs Jahre auf Heller und Pfennig zurückzuzahlen?

Nach dem Frühstück war Buz, den es seiner stringenten Art gemäß weiterzog, etwas ironisierend mit seiner alten Mutter, weil ihm die Omi freudig klarmachen wollte, daß die deutschen Offiziere gar nicht so arg waren, wie man gemeinhin gedacht hatte, denn bei einer Ausstellung wurden Fälschungen entdeckt…Buz tränkte seine Stimme in blanken Hohn und sprach in veräppelnder Form davon, wie die Offiziere *natürlich von gar nichts* gewußt haben – und die arme kleine Omi ist dann doch immer so lang allein, und muß darüber nachgrübeln, wie sie sich vielleicht falsch verhalten hat, und einen politisch nicht gutzuheißenden Blödsinn von sich gegeben habe?

„Macht nichts, meine süße Omi! Bestimmt gab es auch ganz nette Offiziere!" sagte ich nett und küsste die Omi liebevoll und multipel.

Dann fuhren Buz & ich ab. Auf dem Straßen-schild gen Kassel waren Klebstreifen drübergeklebt.

„Böse Menschen haben das in der Nacht einfach überklebt!" sagte ich weltfremd, und dies hätte uns wohl ähnlich gesehen? Wenn wir zwei Stunden lang vergebens in dem Gewirr an Einbahnstraßen durch Grebenstein gefahren wären, um zur Mittagsstund´ ganz kleinlaut wieder bei der Omi anzupochen?

Doch glücklich gelang´s uns, auf eine schöne Straße in den heimeligen Spätherbst hinauszu-scheren, auch wenn die Bäume am Wegesrand z.T. schon keine Blätter mehr haben, und ausschauten wie Besen!

Ich dachte mir aus, wie´s wohl wäre, wenn man *zehn* Wünsche frei hätte. Dann könnte man etwas großzügiger damit umgehen, und müßte nicht so knallhart auf den Punkt zusteuern, als wären´s, wie im Märchen, nur drei! Man könnte seine wunsch-

durchtränkten Gedanken großzügiger ausbreiten:
Ewige Jugend – ansteckende Vitalität –

Und wie wäre es wohl, wenn man zum Wahrsager ginge, weil einem die Ungewissheit bzgl. Künftjem einfach keine Ruhe mehr lässt?

Was tun, wenn der Wahrsager sagt: „Sie werden 78 Jahre alt. Doch in ihrem Leben wird wohl nichts Großartiges mehr passieren. Die Tage bis dahin werden sich wie Saitenwürsteln aneinanderreihen. Glanzlos und eintönig …"

Als Erstes müßte man dann beim Autofahren nicht mehr aufpassen.

Buz und ich fuhren dahin, und streiften packende Themen. Wir sprachen beispielsweise über Paulettes Ehedesaster.

Paulettes Hochzeit im Jahre 1985 sei so schön gewesen. Ein Märchen – ein magisches Event. Bloß hat´s das weitvorausschauende Rehlein damals schon vorausgesehen, daß eine intellektuell hinterfragende Person wie die Paulette auf Dauer mit so einem ehrgeizlosen, einfachen Gemüt wie ihrem Johan nicht glücklich werden kann. Lustigerweise sprach Buz ganz diametral entgegengesetzt zu seinen gestrigen Worten, als er mir, in Omis Windschatten sitzend, die Ehe schmackhaft machen wollte, Nun aber warnte er davor, sich mit einem inkompatiblen Temperament zu liieren.

Den gestrigen und den heutigen Buz könnte man sich nebeneinander sogar bei einem Streitgespräch vorstellen!

Buz erzählte mir auf eine wenig zu ihm passende Weise, daß er die Hilde nicht mehr sehen wolle, und auch nicht vorhabe, am Gedeih des kleinen Halbmohren Anteil zu nehmen.

Buz in Worten, die dem bösen Uschilein wahrscheinlich die Haare zu Berge stehen ließen: „Was soll ich mit der Hilde reden? Über Buschtrommeln oder was?"

Am Abend besuchten wir die Ute in Rottweil.

Als ich durchs Fenster lugte, hatte die Ute zunächst einen bleichen, erschrockenen Ausdruck auf dem Gesicht, der sich aber sofort in ein freudiges Wiedererkennen verwandelte. Der Schüler, an welchem soeben einer unterrichtet wurde, saß leider im Rollstuhl.

Die Ute gab uns ihren Schlüsselbund, so daß wir in der Wohnung auf sie warten konnten.

Wenig später kam sie mit ihren Kindern nachhause. Die kleine Rosalie war auf Utes Rücken festgeschnallt, und ich hätte sie der Ute so gerne abgenommen.

Dadurch, daß Mutti Ute das proppere Baby die ganze Zeit auf dem Rücken trug, stellte ich mir vor, *wie sie ganz leicht wird, wenn ich ihr das Bündel abnehme. So leicht, daß ihre Füße gar keine Bodenhaftung mehr haben.*

Die kleine Feli sägte die ganze Zeit mit ihrer Kindersäge am Tisch herum.

Samstag, 13. November

Waschküchenhaft bewölkt und ganz kalt

Ich lief durch den Park und schaute Buzen von außen durch ein Fenster bei der Arbeit zu, da man die wenig ansehnliche Musikhochschule – eine Beleidigung fürs Auge – einfach in den Stadtpark hineingebaut hatte.

Umflattert von drei zierlichen Asiatinnen lachte Buz so entzückend vor Stolz und Freude darüber, quadratisch umrahmt bei der Arbeit gesehen zu werden, daß man seinen Goldzahn aufblitzen sah.

Buz war von einer Taiwanesin mit schönen Geschenken eingedeckt worden: Einem Tischtuch und Servietten, je chinesisch reichhaltig mit Blumen verziert.

Buz freute sich sehr darüber. „Das finde ich ganz entzückend!" rief er mehrfach aus.

Mein Essen mundete Buzen ausgezeichnet.

„Jetzt habe ich mal ein Geschenk für irgend-jemanden!" sagte Buz erfreut über die chinesischen Geschenke, und ich malte mir aus, wie ich Herrn Ohlenbruck in Kassel anrufe und sage: „Herr Uhlenbrock*, freuense sich! Ich habe ein Geschenk für Sie!" *Zuweilen wirbel ich den Namen durcheinander

Buzens Stimmung machte einen Hakenschlag und damit einer leichten Bekümmerung Platz: Wieder ist jemand ins Visier des Sensemanns geraten: Herr Hamann.

Buz war ein bißchen traurig, weil´s ihm leid tat um den Kollegen, der sich doch schon so auf die Rente gefreut hatte. Ich war ebenfalls sehr betroffen, doch dann kriegte ich mich auch wieder ein, weil´s ja ein Naturgesetz ist, daß der Tod sich immer mal wieder jemanden aus unserer Mitte schnappt.

In zehn Jahren ist der Hamann vermutlich schon Historie, und wir müssen leider mit der Lücke weiterleben, die er hinterlassen wird.

Ich fühle mich ohnehin wie auf dem Wurmfortsatz des Lebens, seitdem wir die Omi Mobbl nimmer haben.

Am Nachmittag besuchte mich meine Freundin Mireille zum Tee:

Wir sprachen über den geheimnisvollen Nachbarn Hikaru und überlegten, was die Mireille sagen könne, wenn sie an seiner Türe klingelt?

Die Mireille könnte beispielsweise sagen, daß sie extra aus Yokohama herbeigereist sei, weil sie gehört habe, in Trossingen herrsche ein reges Gesellschaftsleben?

Ich fänd´s romantisch, wenn ich meinen Nachbarn niemals kennenlerne, und doch durch Erzählungen von der Mireille dazu angeregt würde, einen Roman über ihn zu schreiben.

Wir einigten uns darauf, daß die Mireille ihn nach einem Herrn Maebashi befragen solle, der früher in seiner Wohnung gelebt, und die Mireille mit einem Kind sitzengelassen habe.

Es könnte aber natürlich auch so kommen:

Der Hikaru öffnet die Türe und für beide ist´s ein Blitzschlag der Liebe! Später, wenn sie dann verheiratet sind, könnte ihm die Mireille ja beichten, wie es zu dieser ungewöhnlichen Begegnung kam?

Sonntag, 14. November
Trossingen - Ehingen

Bleich und feucht. Kalt

Mir wuchs all das, was so betätigt oder bedacht gehörte, fast ein wenig über den Kopf.

Vorallem tendierte ich dazu, nach Art Rehleins, die wirklich wichtigen Dinge, beispielsweise den Koffer zu packen, immer vor mir herzuschieben, und mich in Unwichtigkeiten zu verzetteln.

Reise nach Ehingen:

In Herbertingen, einem ganz stillen und leblosen Ort mit drei, wie dahingegossenen Gleisen, mußte ich umsteigen. Große Probleme bereitete mir mein sperriges Gepäck. Dauernd blieb mein roter Koffer ungeschickt irgendwo hängen, und ich hatte immer Angst, der Zug könne bereits zur Weiterfahrt bepfiffen werden, so daß ich eine kleine Ewigkeit in diesem einsamen Ort verbringen müsste. Doch ich hatte Glück.

In Ehingen wurde ich von Volker Lenz abgeholt. Es handelte sich dabei um einen holzgeschnitzten

Schulmusiker, mit dem man irgendwie nicht so recht warm wird. Bezwickert, akkurat bescheitelt, und mit einer plattgebügelten Krawatte behangen.

Beim Nebeneinanderherlaufen dachte ich über ihn nach: *Im Grunde der klassische Amokläufertypus: Unauffällig, zurückhaltend.*

Er wies mir den Eingang zum Hotel Adler, und ich stellte mir die Geschehnisse rund um meine Unterbringung vor: *Der sparsame Volker Lenz ließ vor seiner Ehefrau dran eine Andeutung fallen, ob man mich „für oi Nacht vielleicht dohoim b´herrbergö könnd? „Woisch, die Gemeinde tät ö Hotel finanzierö!"*

„Verschone mich bloß damit!" hat dann womöglich die *Ehefrau abgewunken…* am Anfang konnte ich meinen Aufenthalt im Hotel zwar genießen, doch im Hintergrund lauerte unschön die Frage: „Muß ich das am Ende wohl selber zahlö?" (Dies dachte die Schwäbin in mir „in weiser Voraussicht")

Nach dem Konzert:

Der Dirigent des Männergesangsvereins, Herr Keck, kaufte mir eine CD ab, und Herr Lenz rief ihm zu: „Sie sollöt doch lieber was ins Spendenkörble legö!"

Auf knickerige Weise versuchte Herr Lenz, die Hälfte der Hotelkosten auf mich abzuwälzen, doch dann überlegte er es sich wieder anders, da´s ja das Kirchenamt ist, das zahlt, und wenn diese kleine Schummelei aufflöge?

Ich hatte keinen Bock, mit den Herren in die Pizzeria zu gehen, denn wenn Herr Lenz ein netter

Mann wäre, dann hätte er mir auch eine CD abgekauft, wie Herr Keck! Ich überlegte kurz, Herrn Lenz zu bitten, mir *das*, was die Pizza gekostet hätte in bar zu geben, doch dann traute ich mich leider nicht.

Montag, 15. November
Ehingen - Ofenbach

Bleich, feucht. Bißl verzuckert

Beim Üben dachte ich mir aus, *wie Kanzler Schröder abends nach Hause kommt, mit der BUNTEN herumwedelt und ausruft: „Doris, was soll das?"*
Und dies alles nur wegen dem schlichten Passus „Beim Sex behält er die Socken an"

Abends in Ofenbach:
Von Onkel Dölein war ein praller Brief mit vielen Fotos gekommen.
Dem süßen Opa geht es gut.

Dienstag, 16. November

Bleich, gerupft, kalt.
Am Nachmittag leicht verzuckert

Ming sprach davon, wie das Moribundentum auf ihn abfärbt, und so allmählich Besitz von ihm zu ergreifen droht. (Später, als wir im Autohaus waren, sagte Ming zu einem Herrn gar aus Versehen „Auf Wieder<u>hören</u>!" statt „Auf Wiedersehen!")

Wir sprachen über Opas Vergesslichkeitsgrad, und wie entsetzlich es sei, wenn jemand einen Hirnschaden hätt´. Ming solle doch am besten immer einen Helm tragen, und denselben mit Watte auspolstern, und wenn jemand sagt: „So leg doch den Helm ab!" könnte Ming antworten: „Nein! Ich möchte meinen Kopf schützen, weil ich weiß, wie furchtbar es ist, wenn jemand einen Dachschaden hat!"

Am Vormittag probten wir unser Programm für die Bewerbung in Kassel, und der gebildete Ming rief die hinzugehörigen harmonischen Funktionen in der Beethoven-Sonate Nr. 3 dazu, weil ich zu Beginn des zweiten Satzes ins Straucheln geraten war, und Ming gemeint hat, dies könne einem nicht passieren, wenn man sich die harmonische Funktion klargemacht habe.

Ich selber denke allerdings, daß ich dann zusätzlich noch die harmonischen Funktionen durcheinanderwirbeln könnte!

Selbstverliebt, in meinen eigenen Klängen badend stellte ich mir vor, *wie die Kolleeegen in Kassel vielleicht aschfahl werden, wenn wir gar zu gut spielen? Nach dem ersten Satz sagt Herr Uhlenbruck: „Reicht das allgemein, oder will jemand noch etwas hören?" im Saal brandet ein Gebrumm auf, das man als Einständnis deuten darf, das*

Konzert hier und jetzt abzubrechen, da alle wegen eines
Fußballspiels im Fernsehen ohnedies schon auf Kohlen sitzen.
    Dabei hatte Herr Uhlenbruck sich fest vorgenommen, nach
dem zweiten Satz auszurufen: „Der Satz hat´s in sich!"

Ich beplabberte den Opa, und beim Plappern fiel
mir etwas Lustiges ein: „Wenn jemand zehn
Wünsche frei hätte, und sich dann Folgendes
wünscht: „Alle dummen und üblen Menschen sollen
mit einem Staubsaugerrohr von der Erdoberfläche
hinweggesogen werden." Und wenn man dann
später nach Wiener Neustadt fährt, ist man
irgendwie ganz allein auf der Straße. Gar kein
Gegenverkehr mehr. Man besucht die Apotheke,
doch dort bedient niemand. „Hallooo, ist hier
jemand?" ruft man aus, doch man bekommt keine
Antwort...
    Nach einer Weile sprachen wir über Opas
bevorstehenden 90. Geburtstag. Der Opa hatte
schon ein wenig vorausschauend gedacht, daß man
dem Bürgermeister und seinem Gehilfen Gebäck
anbieten müsse, und ich erzählte, wie Rehlein sich
alles schon so schön überlegt habe: Sogar einen
Sherry möchte sie dem Bürgermeister und seinem
Gehilfen, einer Variation vom heiligen Petrus,
kredenzen, und außerdem habe sie sich
vorgenommen, nur mit gespitzten Lippen zu reden,
damit man meinen solle, sie sei vornehm und aus
edelstem Geblüte.

Nachmittags in Wiener Neustadt. Draußen war´s bitterkalt geworden.

Wir kauften Ming einen schönen schwarzen Mantel in einer vornehmen Herrenboutique mit vielen Schaufensterpuppen ohne Kopf. Die Anzüge sahen so gut aus, daß man eigentlich gar keinen Kopf mehr dafür brauchte. So, daß man auch ohne Kopf augenblicklich eine Anstellung bekäme.

Der süße Ming plauderte so entzückend mit dem emsigen, borstenfrisurigen Verkäufer, und einmal dachte ich kurz, Mobbl lebe noch, weil mich der Gedanke gestreift hatte, wie wir den schönen dunklen Mantel nachher der Oma vorführen, und wie sie sich über ihren schmucken Enkel freut.

Am Abend rief mich meine Freundin Margarethe an: Ich erfuhr, daß Herr Hamann seinen schweren gesundheitlichen Schicksalsschlag (Morbus X? - vergessen) mit Gelassenheit und sogar Humor hinnimmt. Den Schülern schrieb er ganz auf die Jugend zugeschnitten in einem Rundschreiben, er sähe jetzt „cool" aus: Viele Kilo leichter und mit kahlem Koppe, da ihm durch die Medikamente sein zierendes Frisurenkrönchen ausgegangen sei.

Man gibt ihm noch ein halbes Jahr.

Am Abend trommelte Ming zu einem schönen Essen in seiner ashramsartigen Wohnung oben.

Der Opa schlief, und so wie Rehlein, bin ich mit meinen Gedanken immer beim Opa. Ich schrieb dem Opa einen ganz netten Zettel:

„Liebster süßer Opa! Wir haben oben gekocht, und warten freudig auf Dich!" stand da. „"Wir" ist gut!" dachte ich stellvertretend für Ming, der sich über den Zettel beugte, und sich vielleicht lieber ein wenig vom Moribundentum erholt hätte?

Es gab Zwirbelnudeln, riesige Zwergelefantenohr-große Spinatblätter und feines, kleingeschnittenes Gemüse: Kürbis und Möhren.

Dazu hörten wir meine neue CD mit Liedern von Hugo Wolf.

Gesungen von Dietrich Fischer-Dieskau und begleitet von Svjatoslav Richter am Klavier.

Abends schauten wir „Universum":

Auf befremdliche Weise hatte man zwei Riesenschildkröten bei der Paarung gefilmt. Der Schildkrötenmann schnaufte wie eine Lokomotive, und die Schildkrötendame ließ alles so indifferent über sich ergehen, wie vielleicht eine an Evelyn Haman erinnernde Dame auf einer Kirchenbank ein Orgelwerk von Bach?

Ich saß behaglich in Mobblns grünem Sorgenstuhl, und fühlte mich gleichzeitig warm, geborgen und interessiert. Ich fand es so schön, mit Ming und Opa zusammen vor dem Fernseher zu sitzen.

Am Abend war der süße Opa so fröhlich und bezaubernd. Verbindend unterhielt man sich über Wärmflaschen und Nachthäfen.

Mittwoch, 17. November

Trübe, verzuckert. Dünnes Geschniesel

Ming erzählte, daß der Opa in der Nacht schon wieder einen halben Liter Sahne ausgetrunken habe, und ich ärgerte mich schrecklich über mich, warum ich wohl so wenig vorausschauend bin? Man hätte die Sahne oben in Mings Kühlschrank verstecken müssen. Ein Erbübel Buzens in mir. Ob man Erbmassenteile wohl auch in „Erbgeschwulst" und „Erbgeschwür" einteilen sollte?
E-Geschwulst: Ererbte schlechte Eigenschaft.
E-Geschwür: Nicht vorhandene gute Eigenschaft.

Draußen schnieselte es zart vor sich hin, und der Opa bekam überraschend eine Flut an Briefen. Nicht zuletzt deshalb, weil Rehlein die ganze Verwandtschaft mobilisiert hat!
Unter anderem ein Brief vom Karl aus Künzelsau (ein Kondolenzbrief).
„Künzelsau, viel zu spät" hatte der Karl zerknirscht ins Datumseck geschrieben.
Der Karl, obzwar ein Verwandter fern bis dorthinaus (ein Schwiegersohn aus erster Ehe von Mobblns angeheirateter Tante Hilde), scheint aber doch ein treuer alter Freund, und sein Brief freute den Opa ungemein. Der Opa war in Schwung geraten und hätte am liebsten alle Briefe auf einmal beantwortet.

Plötzlich zeigte er solch einen Eifer, daß er sich sogar zur Schreibmaschine hinbewegte, und ich freute mich so sehr darüber, daß ich meine Geige niederlegte, um an der richtigen Beleuchtung für den Opa herumzubasteln. Diesmal war Rehleins Erbmasse in mir zu Wort gekommen.

Abends freute ich mich auf eine Sendung vor:
Maxim Vengerov als Sibelius-Interpreten mit Daniel Barenboim am Pult, dessen inzwischen graumelierte Frisur auf dem Haupt einem Osternest glich, wie man dann bald darauf sah.
Obwohl der Barenboim so viele Millionen verdient hat, und sich fast alle Wünsche erfüllen könnte, hat er seine traurigen Augen beibehalten!

Donnerstag, 18. November

Trocken. Herbe

Letztendlich ist ja doch die Neugier, was man sich mit diesem Tag wohl für ein Los gezogen hat, eine Antriebsfeder sich zu erheben?

Beim Üben fühlte ich mich traurig, als ich aus dem Fenster schaute und sah, daß der Semmelbeutel unabgezupft am Gatter hing, weil der Opa noch immer schlief.
Ming berichtete, daß der Opa, der früher immer so schöne warme Hände gehabt hat, etwas abgekühlt

sei. Jetzt sieht man ihn des öfteren neben dem kleinen Heizöfchen kauern.

Mittags dachte ich mir aus, *wie das wohl wäre, wenn Herr Heike plötzlich einen Auftrag von Gidon Kremer zu einem Violinkonzert bekäme? Schon beim Mittagessen würde es in seinem Hirn musikalisch zu rumoren beginnen, und Herrn Heike schwebt etwas gänzlich Neues vor: Es soll heißen „die vier Temperamente", und die Sätze werden betitelt mit: Sanguinika, Cholerika, Melancholie und Phlegma, und daß „Phlegma" als Schlußsatz konzipiert ist, wäre vielleicht auch für die Kritik bedeutsam?*

Aber auch der Opa hatte sich schöpferisch betätigt, und etwas gedichtet:

Mein Opa im Prä-Exitus,
ist für das Auge kein Genuß,
und ist er auch ein noch so Sehniger,
für die Nase ist er es noch weniger.
Am wenigsten ist er´s für´s Ohr.
Dies liegt am häuf´gen Darmrumor.

Ich stellte das historische Portraits Mobbls in den grünen Sorgenstuhl, damit es ein bißchen so sein solle, wie früher. Dann weckte ich den Opa wie versprochen zum „Mr. Bean" und spürte, wie es den alten Mann freuen würde, wenn sich jemand fände, der sich dazusetzt, um gemeinsam und verbindend über die lustigen Scherze zu lachen. Doch Ming verwob mich oben in die Kocherei.

Abends schauten wir wieder einen Universum-Film: Diesmal über Dinosaurier. Obwohl's schon so lange her ist (für uns noch länger als für den Opa), fand ich es so traurig, als ein Dinosaurus starb!

Einmal sah man eine Herde Dinosaurier mit fleischigen Haxerln, die an die Beine älterer Damen erinnerten, am Strand entlanglauten, und man weiß nicht einmal, ob diese Tiere überhaupt einen Blick für die Schönheit eines Sonnenuntergangs hatten? Schaut man so einen Film an, so befällt einen die Idee, daß am Anfang nicht nur Adam & Eva erschaffen worden waren. Wo das Auge auch hinschaute, sah man plötzlich lauter nackte Pärchen!

„Wo kommen die bloß alle her?", frug man sich damals wie heut…

Freitag, 19. November

Es schneite sehr stark,
so daß man dem Schneepegel
beim wachsen zuschauen konnte

Abends, wenn ich mich ins Bett lege, freue ich mich immer schon auf meine packenden Träume vor. Bloß, wenn ich dann aufwach´, dann werd´ ich so unvermittelt aus den Träumen gerupft, wie andere aus dem Leben!

Ich hatte geträumt, daß *ich mich mit meinem Wissen über Goethe brüstete, und bei dieser Prahlerei jedes Maß zu sprengen drohte.*

Ming und ich frühstückten, und Ming sprach davon, daß die Ehe in den seltensten Fällen, bzw. in so gut wie gar keinen Fällen, ein „langes Gespräch" sei, wie es sich der junge Opa einst vorgestellt hat.

„Die Ehe ist entweder ein nicht enden wollender Vorwurfshagel, oder aber ein langes und beredtes Schweigen", sagte ich nicht frei von Hohn.

Sowohl beim Frühstück, als später beim Mittagessen war Ming etwas einsilbig.

Ich erfuhr lediglich, daß der Wiener Neustädter Bioladen umgezogen sei, und hinzu auch noch den Besitzer gewechselt habe.

Der alte Besitzer war jener, der Ming mal zu „G´schäfterln" überreden wollte, und nun ulkte ich, daß er plötzlich im Porsche an Ming vorbeirollt und aus dem Fenster ruft: „Wirklich schad, daß du damois net mit eini´g´stiegen bist!" daß du damals nicht mit eingestiegen bist

Zwischen Früh- und Mittagstisch zwängte sich unsere schon traditionell zu nennende Probe für mein Kasseler Vorspiel.

Auf die Reise nach Kassel freue ich mich nicht so sehr. Draußen ist alles zugeschneit, und ich würde viel lieber mit dem Opa Geburtstag feiern.

Dann aber dachte ich: Diese Probleme sind in hundert Jahren unwichtig bis zum geht-nicht-mehr.

„Sogar schon in 90!" dachte ich weiter, und zu Ming sagte ich: „Die Zeit, die erbarmungslos überall drüberfegt, ist nicht unser größter Feind, wie man bisher dachte, sondern unser bester Freund!"

Ming psychologisierte über die Carmen: Daß sie die Männer immer ins Lächerliche gezogen habe.

Da erst ging mir auf, daß sich das Leben in gewisser Weise im Rubato abspielt: Man tut Böses, so wie die Callas, bzw. die Carmen, die die Männer so lächerlich macht – und später bekommt man die Quittung dafür.

Eine meiner derzeitigen Sorgen ist, daß der Opa vielleicht noch <u>vor</u> seinem 90. Geburtstag abgeholt wird, und das, obwohl Rehlein doch echte Bienenwachskerzen beschafft hat? So lenkte ich die Rede drauf, wie das wohl sei, wenn der Opa plötzlich vom Sensemann geweckt wird, bzw. wie's wohl wäre, wenn man morgens aus dem Fenster schaut, und den Sensemann hinwegrennen sieht, weil's dem Opa nochmals gelungen ist, ihn in die Flucht zu schlagen?

Dann sprach ich darüber, daß der Opa heut auf den Tag genau so alt sei, wie Ming dereinst am 15.6.2054, zwei Tage vor seinem 90. Geburtstag – ob's mich da wohl noch gibt? - *und ob der süße Ming an diesem Tag mit seiner altersflecksbesprenkelten pergamenternen Hand vielleicht eine Glückwunschkarte von der Daaje aus dem Briefkasten hervorzupft?*

„Es ist schööön Rentnerin zu sein!!!!!“ schreibt die Daaje aus der Karibik.

Nachmittags fuhren wir nach Wiener Neustadt, und es dauerte sehr lange, bis der überorganisierte Ming alles beieinander hatte, und dann vermisste

Ming auch noch den Schlüssel zu seiner Wohnung. Des Rätsels Lösung: Er war in seinen Schuh gefallen.

Wir fuhren durch den Schnee.

Auf der Anrichte im Auto lag ein blütenweißes Briefkuvert, mit eleganter Schrift adressiert.

„An Robert Schumann??" rief ich verwundert aus, „der ist doch schon tot!"

Ich stellte mir vor, wie jemand in der Post einen Schwapp Briefe aufgibt, die das Postfräulein bestempeln soll: An Robert Schumann, Ludwig van Beethoven u.a., und ob man die vielleicht alle mit dem Vermerk „verstorben" zurückbekommt?

Am Hartl'schen Anwesen trafen wir die Vitz- thums, die einen kleinen Spaziergang machten. Ming sagte so süß: „Ich würde am liebsten mitkommen, doch dann störe ich ja das Glück?!"

Und vielleicht war es ein wenig ungehörig, daß wir sooo laut lachten?!

Am Abend fischte der Opa ein Päckchen von der Irma aus dem Briefkasten: Eine kostbare Flasche Eiswein, und allein das Porto hatte 30 Mark gekostet!

Ming wollte, daß der Opa etwas aus seinem Leben erzählt. „Was war am 8. Oktober 1924?" frug Ming examinierend, und ich antwortete für den Opa: "Da hat er jeden Tag gefragt: „Wann werdi 15??""

Samstag, 20. November

Dick und sahnig verschneit. Wunderschön sonnig

„Zur Jahrtausendwende müssen wir unbedingt ein neues Leben beginnen!" sagte ich mit vollem Mund, „z.B. nicht mehr mit vollem Munde reden!"

„Hää?" sagte Ming auf eine strenge, fragende Art, um mir pädagogisch klar zu machen, daß man kein Wort versteht, wenn jemand mit vollem Munde redet.

Ein bißchen dumm ist´s bzw. war´s, daß der Opa gestern Schnee geschippt hat, statt seine Brief zu beantworten, denn nun war´s arschglatt, und den armen Ming hieb´s zwiefach hin!

Am Abend holte Ming Rehlein aus Wien ab.

Rehlein hatte es tatsächlich noch geschafft, Opas Gedichtband „Altes Lieb – neues Lied" fertigstellen zu lassen.

Der süße Opa freute sich unglaublich, und versenkte sich gleich tief hinein, auch wenn der Geburtstag ja strenggenommen erst morgen ist.

Sonntag, 21. November
Ofenbach - Nürnberg

Bleich. In Österreich verschneit und kalt

Ich setzte mich zu Ming und Rehlein an den Frühstückstisch, wo Ming soeben in einer Erzählung aus seinem Leben stak.

„Aha. Dann habt ihr zäh wie Hosenleder gespielt?" hakte Rehlein extra für meine Ohren nach, damit ich weiß, welche Erzählung Mings gerade dran sei.

Der Opa war am Morgen schon wach gewesen, doch zu Rehleins überschäumenden Glückwünschen sagte der bettzerknautschte Greis: „Sag´s mir später nochmal – i leg mi wieder nooo!"

Nach einer Weile klingelte es an der Türe, und uns kam überraschend die kleine Marina Kohlmeyer besuchen, die auf ihrem Pony unterwegs war. Das Pony stand geduldig im Garten, und Ming brachte ihm ein Äpfelchen.

Ich scherzte ein bißchen herum, wie´s wohl später sei, wenn der Opa mal 118 ist. Dann muß man ihm immer alles mit dem Trichter ins Ohr hineinposaunen – doch Rehlein ist bis dahin selber ein wenig tütelig, und ruft ihm mitten ins Innenohr hinein:

„Opa, wo bist du?"

Ich las ein Interview mit Udo Jürgens:

Männer und Frauen seien nur auf dem Gebiet der Erotik füreinander interessant, wärmte er etwas auf, was man immer ein bißchen denkt, aber nie laut auszusprechen wagt.

Nürnberg:

Ich saß in der Operncafeteria und wartete auf die Veronika.

Nach Dienstende löste sich ein befrackter Pulk an Musikanten auf uns zu, und die Veronika begrüßte mich mit ihrem unnachahmlich freundlichen Lächeln.

Ein Gutes hat es ja, daß die Veronika noch immer keinen Aurasauger gekauft hat. Niemand beachtet sie, aber sie beachtet auch niemanden.

Aurabesaugt käme man bei den vielen Musikern aus der Verabschiederei ja gar nicht mehr heraus!

Bald schon standen wir auf der U-Bahn-Plattform. Vor uns hüpfte ein süßes kleines Mädchen, das ausschaute wie Rotkäppchen.

Nett bewunken wir eine Geigerin, die in die Gegen-U-Bahn stieg.

„Hahaha, Herr Heike!" sagte ich wie die Prinzessin beim König Drosselbart über einen Herrn, der am Fenster saß und leicht an Herrn Heike erinnerte.

Montag, 22. November
Nürnberg - Kassel - Grebenstein

Im Morgengrauen in Nürnberg noch trocken
(und dunkel).
In Kassel leichtes Schneegestöber

Kassel Konservatorium, Credéstraße.

Ich studierte die Liste der sechs Kandidaten, und nur die Frau Kamarova als Konkurrentin beunruhigte mich leicht, weil sie doch schon eine Stelle dort hat!

Im Zimmer von Frau Menzel lag ein Programm vom Vortragsabend der Klasse Kamarova herum, woraus ersichtlich war, daß die beiden Vorführ-schüler ohnehin ihr gehören.

Etwas unfreundlich im Tonfall hatte Frau Menzel einen Zettel an die Türe geklebt:

**Hier herrscht Geigenstunde
bitte nicht stören!!!**

(Das „bitte" herb und herablassend, und kampfeslüstern schienen die drei Ausrufezeichen das Feuer auf einen eventuellen Molestanten eröffnen zu wollen.)

Den unherzlichen Zettel hat Frau Menzel dann nie mehr abgezupft, und dabei war das Zimmer jetzt leer.

Ich lernte einen anderen Vorunterrichter, den quadratischen Andreas Lohmann aus Weimar kennen, und plauderte mich gleich freudig mit ihm fest.

Um 13 Uhr fand das Vorunterrichten statt. Die beiden Vorführschüler spielten Werke, die sie bis ins i Tüpfelchen mit der Lehrerin durchgenommen hatten, je sehr gut, und wie es schien, ging es dem Konservatorium weniger darum, daß die Schüler etwas lernen, sondern eher darum, daß eventuell weithergereisten Experten vor Staunen der Hut hochginge, und man seinen Respekt vor der Kasseler Akademie in die weite Welt hinaustragen möge. Alle belehrenden Worte, die man hätte anbringen können, hätten lediglich dem Zwecke gedient, die Luft mit Vokabularien und pufferndem Buchstabenbeiwerk zu füllen.

Und doch pflegt der, sich auf dem Präsentierteller befindliche Jungpädagoge, belustigte Augen einer Expertenkommission auf sich lastend fühlend, hilflos im Herbstlaub nach Gold stochernd etwas zusammenzufaseln.

Ein junges Fräulein mit Namen Irina spielte Melodie & Scherzo von Tschaikowski, und Hartmut Schmalz, 15 Jahre jung, sein Mozart-Konzert.

Ming und ich spielten Beethovens 3. Sonate und Sarasates Carmen-Fantasie, und hernach lauschten wir noch dem Vortrag von Andreas Lohmann und seinem Begleiter. Wohldurchdacht und edel spielten die beiden Herren die Kopfsätze von Beethovens siebenter und Schumanns a-moll Sonate, und Andreas L. klappte den Fuß hi und da so auf, daß er schräg, wie das Zünglein eines erlahmten Taktells in der Luft stand.

Die Temperaturunterschiede in den vereinzelten Räumen waren gewaltig: In Zimmer 12, wo man auf den Parkplatz vom Media-Markt hinabschaute, über dem ein leichter Schneeflockenwirbel „tobte“, war´s heiß wie in der Sauna, und im Treppenhaus wiederum so kalt, daß man sich direkt ein bißchen nach dem Tode sehnte, weil man sich in dieser Kälte gerupft und bloß fühlte.

Wir verbrachten einen Abend mit der Omi, die mir heut etwas eingeschnurrt und müd schien.

Einmal rief unsere Kusine, das Elisabethchen, an, und sprach sehr lange mit Ming.

„Was?? Der Gerhard heiratet?“ oder „Gerhard ist verheiratet??“ rief ich ab und zu einfältig und moribund dazwischen, so daß das Elisabethchen meinen sollte, es sei die Omi, die sich da ins Gespräch einzufädeln sucht.

Dienstag, 23. November

Sehr dunkel. Trüb. Schneematsch

Ming im Teezimmer schaute sich ein paar Postkarten an, die sich für die Omi im Laufe der Jahre angesammelt haben – geschrieben von ihren

Lieben! Wie in einem Loriot-Sketch schicken Kinder, Schwiegerkinder und Enkel immer hauptsächlich „Liebe Grüße!" und danach weiß man im Allgemeinen schon nicht mehr, was man so einer alten Dame noch schreiben soll?

Bloß das süßeste Rehlein schreibt zuweilen einen ganz persönlichen Früchtebrotbrief, und Buz schreibt dafür nie.

Später beim Mittagessen erzählte ich, wie Buz letztes Jahr, als er Kunde vom Tode seiner Tante Marie bekam, einfach mit seinen Fingeraufklappübungen auf der Violine fortfuhr.

Nach außen hin lässt sich Buz beim Ableben eines Verwandten nichts anmerken. Gleichmütig scheint er es als gegeben und unvermeidlich hinzunehmen.

Bloß als Mobbl gestorben war, spielte Buz so wunderschön Brahms, daß Rehlein instinktiv gefühlt hatte, daß er jetzt für Mobbln spielt.

Beim Erzählen dieser Episode füllten sich meine Augen leicht mit Tränen, und aus einem diffusen Klassenzimmersyndrom heraus hoffte ich, man sähe es nicht.

Einmal sah Ming einen kurzen Moment lang so süß aus, wie auf dem rührenden CAJ*-Foto von früher: Mit dem kleinen, kaum sichtbaren Leberfleck auf der Nasenspitze und den bezaubernden Ohrläppchen, an denen ich einst so gerne zupfte!

*Christian Academy in Japan: Eine Bibelschule in Japan, die Ming als Bub besucht hat.

Am Nachmittag hat uns der süßeste Ming wieder verlassen.

Wegen Omis Hautausschlag telefonierten wir mit der Hautärtztin Frau Dr. Kubek in Hofgeismar, von der die Omi sagt, es sei ne putzige, kleine Frau.

Dank Omis glorioser Versicherung durften wir uns ein Taxi kommen lassen, und später fuhr uns der nette Taxifahrer sogar wieder heim. Man lernte sich besser kennen, er wurde persönlich und erzählte von seinen vielen Pickeln, die er früher als Jüngling auf dem Gesichte trug – vermeintlich spöttischen Bemerkungen ausgesetzt. Doch der Frau Dr. Kubek war es leider nicht geglückt oder vergönnt gewesen, die wegzuzaubern.

Abends in der Stube:

Omis vier Kinder riefen nach und nach an, um sich nach Omis Allergie zu erkundigen. Ich scherzte darüber, daß ich mich in den Taxifahrer verliebt habe, und wie nett es wäre, wenn er morgen mit einem Blumenstrauß vor der Türe stünde und betont beiläufig früge, ob er mich wohl ins Eiscafé einladen dürfe?

„Jetzt im Winter?" lache ich gutmütig, „laden Sie mich doch lieber zu einem Glühwein auf dem Weihnachtsmarkt ein!"

Plötzlich hab ich´s dann überhaupt nicht mehr eilig, nach Trossingen zurückzukehren, und die Verwandten wundern sich.

Omi & ich sprachen über die verstorbene Tante Marie, über die wir ja, grad so wie über Mobbl, gar nichts mehr wissen. Wir wissen nicht einmal, ob sie überhaupt gut angekommen ist? Was, wenn der heil´je Petrus zur Marie gesagt hat: „Jetzt nennen Sie mir bitte <u>einen</u> Grund, warum ich Sie hier hereinlassen sollte?"

Mittwoch, 24. November
Grebenstein - Stuttgart - Trossingen

Trübe. Schmelzender Schneematsch

Der Omi tut das kleine Baby von der Hilde sehr leid, da es ein Halbmohr ist oder wird, und vielleicht Identitätsprobleme bekommt? Doch ich meinte, es sei noch herrlich jung, und die Omi täte besser daran, es zu beneiden.

„Nein. „Beneiden" ist ein häßliches Wort, das überhaupt nicht zu Dir passt!" korrigierte ich mich rasch. „Wünsche lieber, du wärest ES!"

Die Omi hatte gemeint, das Utelchen riefe an, und sagte in den Hörer hinein: „Ich hab dich wirklich von ganzem Herzen lieb!" und dann war´s aber das Evchen, das solch schöne Worte vielleicht noch nie gehört hat?

Kurz bevor ich ging, kam Frau Kionczyk, um das Mittagessen zuzubereiten, und so fiel mir der Abschied ein bißchen leichter, zumal´s mir immer so weh tut, die Omi allein zurückzulassen, auch wenn sie so anders ist als ich.

Über Rehleins Hang, Briefe aufzubewahren, sagte sie nur: „Ach Gott, ach Gott, ach Gott!"

Bummel in Kassel:
Im Plattenladen kaufte sich ein netter Mann die vier Jahreszeiten und das Sibelius-Konzert mit Anne-

Sophie Mutter, weil er die Schöne mit den Ohren vernaschen wollte.

Dann kaufte ich mir ein neues Tagebuch. Beim Eintreten in den Schreibwarenshop benahm ich mich ein wenig sehr „hessisch", indem ich nämlich einfach hineinging, und mich gleich umschaute. Im Geiste spielte ich jedoch folgendes Szenarium durch: Wenn die Verkäuferin sagt: „Guten Tag erstmal! Bei uns grüßt man zunächst!" dann wollte ich sagen: „Sie haben vollkommen recht, gute Frau! Ich bin ein unmöglicher Mensch!"

In einer Telefonzelle rief ich die Hilde an. Die Hilde klang etwas unfroh, und antwortete auf die Frage, wie es ihr gehe mit einem: „Geht so!"

Das Baby, ein kleiner Junge, ist schon seit dem 19. November da, und die Hilde leidet an einer leichten Schwangerschaftsdepression. Sie schaut den Frischling an, empfindet nichts für ihn, und frägt sich auf Kritikerart: „Warum?" Ein trübsinniges Wort, das auf dem Papiere ausschaut wie ein Vorwurf. Als würde es die Mundwinkel herabhängen lassen, und trüge die ernüchternde Antwort bereits in sich. Ein Wort, das doch eher auf eine Todesanzeige als auf eine Geburtsanzeige passen würde?

Jetzt aber galt´s, rasch nach Stuttgart zu gelangen, und so eilte ich zum Bahnhof.

Leider hatte ich in Stuttgart wenig Zeit. Eine knappe Stunde nur, und dann wollte ich der jungen Mutti doch etwas Gutes tun: Am nettesten hätte ich ein hübsches Fotoalbum gefunden, doch die Zeit kniff, und so kaufte ich nur schnell ein Tonikum für die besten Jahre im Reformhaus.

Bald darauf lernte ich Hildes Baby kennen, das so niedlich und hinzu ganz leicht ist. Die violettgefärbten Ohren sahen zart und filigran aus, und erinnern an Fische im Aquarium. Sogar ich durfte den kleinen Schatz in den Arm nehmen. „Hoffentlich fremdelt er nicht!" sagte ich.

„Darf ich ihn über´s Wochenende mitnehmen? – Ich nehme ihn über´s Wochenende mit!" rief ich freudig aus.

Dann sandte ich meine Gedanken weit in die Vergangenheit, bis lang vor meiner Zeit, und dachte darüber nach, daß es heut vor 90 Jahren ein ähnliches Entzücken um den kleinen Opa gegeben haben dürfte.

Die Hilde hatte heute deswegen eine kleine Depression bekommen, weil sie plötzlich gar nicht mehr recht wußte, wie es weitergehen solle?

Der kleine Yussuf steht am Beginn eines völlig ungewissen Lebens.

Um 20 Uhr 15 wurde ich in Trossingen BHF an Land gespült. Herr Kähler, der Busfahrer, war nur mit einem ganz kleinen Bus unterwegs, in welchem nur ein sehr fremd wirkender, älterer Japaner saß.

Ich erzählte Ming am Telefon, daß ich heut, als ich am Lokal „Ming" vorbeifuhr, zärtlich an ihn gedacht habe – doch es hat alles nichts genützt, denn Ming ist heut mit dem Kopf gegen eine Regenrinne gerumst, und mußte sogar ins Krankenhaus.

Donnerstag, 25. November

Sonnig. Schneeschmelze

Ich beschloß, probehalber jetzt schon so zu leben, als ob ich die Stelle in Kassel hätt´. Um 13 Uhr muß losunterrichtet werden, und alles andere sollte schnell noch in die verbliebene Zeit hineingequetscht werden.

Schon wieder muß konstatiert werden, daß mein Nachbar Hikaru und ich ganz nebeneinander her lebten, als gäbe es uns gegenseitig praktisch gar nicht. Theoretisch könnte ich ihm ein Brieflein ins Fach legen, und ihn höflich darum bitten, daß er alles unternehmen möge, damit wir uns nie kennenlernen.

„Ich habe mit Nachbarn nur schlechte Erfahrungen gemacht, würde Sie aber von der Ferne aus gerne glorifizieren!"...könnte ich z.B. nach Art der Prinzessin auf der Erbse schreiben.

Dann übte ich außerordentlich lebendig mit Tonband an Beethovens 7. Sonate.

Von der Ferne muß es sich ein wenig angehört haben, als herrsche Unterricht, da ich mich selber auf

Art einer unbeugsamen sowjetischen Violinlehrerin laut anbarschte.

Rehlein am Telefon berichtete, daß man soeben einen Dinosaurierfilm angeschaut habe.

„Wie schön, daß es damals schon so fleißige Leute gab, die alles mitgefilmt haben!" habe der Opa gescherzt.

Ich finde es so nett, daß die Irmi dem Opa den Wein geschickt hat, denn theoretisch hätte sie ja auch hadernd denken können: „Warum nicht er??? Warum mein Öttes*?" Doch die herzensgute Irma freut sich darüber, daß wir wenigstens den Opa noch haben.

*Spitzname von Opas jüngst verstorbenen Bruder Otto

Dann sang ich Rehlein eine händelartige Stelle vor, die mir von OBEN eingegeben worden war. „Ich denk mir nämlich manchmal Händel-Opern aus!" verriet ich.

Freitag, 26. November

Schnee. Wunderschön. Nur am Spätnachmittag wurde es dunstig

Am Vormittag führte ich ein in seiner Vieltönigkeit eintöniges Leben.

In der Musikhochschule:

Hinter der Aulentüre hörte man einen enthemmten Geiger Mozart fitscheln, und ich dachte, dies sei

Buzens Spezi Nicko. Umso überraschter war ich dann, als mir der Nicko entgegenkam – wo ich ihn doch grad im Ohr mit mir herumzutragen glaubte. Wir tauschten einen inflationären Doppelkuss aus, und der Nicko hatte schon *vor* der Violinstunde eine Fahne! (Ein Bierchen, wie ich erfuhr)

Den Abend verbrachte ich mit Buz, Nicko und Petra im „Bella Italia".

Der Nicko, ansentimentalisiert vom vielen Weine, erzählte von seinen Kindern.

Einmal frug ich interessiert, ob er schon einmal fremd gegangen sei.

Nicko: „Das werd ich euch hier garantiert nicht verraten!"

Dann erzählte er, der an schlanken Cigaretten sog, wie ihm sein Töchterlein so gern das Rauchen abgewöhnen würde.

Ganz spät, nämlich um ein Uhr nachts, lief ich mit Petra und Buzen heim. Ich hielt Buzens warme Hand und scherzte darüber, daß sich die Petra dies wohl kaum herausnehmen würde, nach Buzens warmer Hand zu greifen? Und wenn doch, so würde plötzlich ein befangenes Schweigen herrschen.

Samstag, 27. November

Verschneit und blass.
Doch durch die Blässe
schimmerte verhalten die Sonne

Mittags zeigte sich Buz nur kurz, als ich soeben für uns kochte. Buz war nett, aber mehr auf so eine Art, wie ein Sohn zu seiner Mutter, wenn er etwas haben will.

Buz wollte nämlich Freigang vom heimischen Mittagessen haben, weil er mit dem Nicko essen „müsse".

„Ich muß mit dem Tölpel essen!" sagte Buz.

Buz nannte seinen Spezi Nicko „Tölpel", was vielleicht nicht eben nett ist, aber man kennt Buzen ja und weiß, daß es nicht bös gemeint ist.

Sonntag, 28. November

Mattblauer Himmel. Schnee

Durch die Türe konnte man den neuen Nachbarn etwas träge auf seiner Trompete blasen hören. Zu meinem Schrecken machte er Fingeraufklapp-übungen wie Buz: Vier Töne aufwärts und vier wieder hinab. Ich malte mir aus, wie ich bei ihm Sturm klingele, und ihn bitte, damit aufzuhören.

„Aber Sie spielen doch auch!" würde der Nachbar verwirrt sagen.

„Aber ich spiele schön, leis und zart wie eine Fee!"
würde ich dagegensetzen.

Buz sprach davon, daß man sich musikalisch
immer weiterbilden müsse, und es sprach „aus mir"
als ich plötzlich zu meiner eigenen Verblüffung
sagte: „Zu klug sollte man allerdings auch nicht
werden!"

„Zu dumm sollte man auch nicht bleiben!"
kontrapunktierte Buz in Neuintellektuellenlogik,
denn Buz bedachte nicht, daß „nicht zu klug" nicht
automatisch „zu dumm" bedeutet. Da gibt es durchaus Zwischentöne.

„Wir Frauen sind extra dafür gedacht, daß es auch
Menschen geben soll, die nicht ganz so klug sind!"
sagte ich etwas, das doch ganz im Sinne der Männer
sein dürfte?

Sonntagsbedingt waren heut lauter schwäbische
Sonntagsfamilien unterwegs, und man spürte stark,
wie die Jahre einander gleichen: Im Grunde ist´s im
Winter zur Weihnachtszeit so, als wolle man die
gleiche Schallplatte nochmals von Vorne abspielen
lassen. Das Ganze wiederholt sich zirka 89 mal, und
dann ist das Leben ersteinmal vorbei.

In der Milchholstraße begegnete ich dem
Bratschenprofessor C., einem Herrn den ich von
ganzem Herzen nicht leiden kann. Leider brachte
ich´s nicht über´s Herz, ihn mit einem gekünstelten

Lächeln giftig anzublecken, so wie ich´s mir schon so oft in der Fantasie ausgemalt habe.

„Hallou Franziska!" sagte er ölig-nett, „ein Gesundheitsspaziergang?" ← (eine Plattitüde!)

„Etwas Erholung von den vielen Bratschentönen?"← hätte ein diplomatisch veranlagter Musikus vielleicht scherzend ausgerufen.

„Schönen Tag noch!" sagte er zum Schluß. Ich war nur lauwarm zu ihm gewesen, und dies auch nur aus Höflichkeit.

„Oh, ebenfalls", sagte ich rasch, aber ich meinte es nicht so und hoffte, er würde auf dem Heimweg dem Gaugerstrangler begegnen….

Abends fuhr uns der Tobias in seinem R4 nach Rottweil. Die Petra hat wissen wollen, warum ich schon so früh sprechen konnte? Es lag daran, weil sich meine Lieben den ganzen Tag um mich rissen. Meine Mama war noch ganz jung, und für sie war ich wie eine Puppe, mit der man den ganzen Tag spielen möchte.

Will man aber einen Adoptionsantrag ausfüllen, so dürfe man so etwas auf keinen Fall schreiben! erläuterte ich den jungen Leuten.

Gründe wie „Wir möchten eine lebendige Puppe zum knuddeln haben", oder „wir würden gern die Leere unseres Ehelebens dämpfen", würden von der Adoptionsvermittlungsstelle nicht anerkannt.

Besuch bei Ute B.

Ein riesiger Adventskranz auf dem Tisch strahlte Familienbehagen aus. Vati Hubert brühte Tee auf. Eine Gewohnheit, die er aus seiner Zeit als Gastarbeiter in Ostfriesland beibehalten hat.

Ich erzählte vom Nicko, von dem es heißt, er wolle jetzt mit seinen 42 Jahren noch ein Konzert-reifestudium wagen.

Man möge ihn sich in einigen Jahren als Violin-professor in einem gemütlichen Sessel vorstellen: „Was spielen wir denn heute?" jovialisiert er den Schüler an, und saugt genußvoll an einer langen schlanken Cigarette.

Schüchtern und artig verkündet der Schüler, daß er Mozarts A-Dur Konzert vortragen würde. Da sagt der Nicko auf jene Art, wie er den Kellnern klarzumachen sucht, wie die Pizza schmecken solle:

„Ich hätte es gerne schwungvoll, blitzsauber und mit diesem speziellen Mozartschen Sound (er schnalzt mit den Fingern, wackelt mit dem Kopf und verzieht die Lippen zu einem schmerzerfüllt nostalgischen Gebilde solcherart, als beschwöre er Erinnerungen an verbotene Früchte herauf), verstehst du?? Mit einem schlanken, biegsamen Ton und voller Spielwitz und Esprit!"

Ich freute mich sehr, aus dem Augenwinkel heraus zu beobachten, wie der Hubert über meinen Spaß schmunzelte.

Die kleine Feli sagte: „Ich esse so viel, weil ich stark und dick werden möchte!" und einmal sagte sie so süß: „Als ich klein war…"

Montag, 29. November

Schnee. Flutender orange- und warmtimbrierter
Sonnenschein

Ming am Telefon wollte wissen, wann Buz
morgen käme?

„Vielleicht am Abend?!" sagte Buz vage.

„Was heißt „vielleicht"?" frug Ming streng.

Dann plauderte auch ich mit Ming über die
Aufgabe, die wir hier auf Erden haben:

Die Klassik vor dem Untergang zu retten.

„Man muß hinterher sagen können, „das Leben
habe sich gelohnt"!" zitierte ich mit einem
Augenzwinkern einen Schwaben.

Ming fand den Gedanken auch furchtbar, daß
jemand als kleiner Angestellter in einer Nische sitzt,
und das Leben eines Tages vorbei sein soll!

Buz & ich liefen über den Friedhof, und ein Herr
sah von hinten aus wie der Professor Hamann, den
es an diesem wunderschönen Tag auf den Friedhof
gezogen hatte, um sich ein lauschiges Plätzchen für
die Ewigkeit auszusuchen?

Der Trossinger Friedhof ist so schön, daß auch ich
dereinst gerne dort begraben würde.

Wir sprachen über unsere Bestattung, die ja
angesichts der Kürze des Lebens im Bezug zur
Ewigkeit, auf jeden Fall „bald" stattfindet.

Buzen ist seine Bestattung wurst wie sonst nur
was.

Wir liefen weiter zum See. Die Baumwipfel waren zum Teil orange-gold beschienen, und es lag Schnee.

Auf dem Buckelbrücklein das über den Gaugersee gespannt ist, lief eine kuriose Gestalt: Eine Dame in einem kurzen roten Mantel mit ganz langen Beinen, und ich überlegte, ob das vielleicht der Gauger-strangler ist, der sich als Frau verkleidet hat?

Dienstag, 30. November

Schnee. Zauberhaft schön

Am Morgen schmierte ich eine Wegzehrung für Buz zurecht, weil es geheißen hat, er bräche gegen acht Uhr zu seiner langen Reise nach Aurich auf.

Im Hotel Schoch frug ich allerdings vergebens nach unserem Familienoberhaupt.

„Der war gar net hier!" sagte die etwas betschwes-ternartige Frau in hilflosem Feingefühl, weil sie natürlich der Meinung war, ich sei die Ehefrau, deren freundliches Leuchten im Gesicht bei dieser Eröffnung jäh erlöschen würde?

Später sah man den Papa mit seinem Geigenkasten bereits am Bahnhof schimmern, und auf dem Wege dorthin kam mir die leicht versüppelte Sekretärin Frau Reichenberg entgegen, und wir grüßten uns nett mit einem unter Damen üblichen „Hallo".

Ein bißchen ahnte ich natürlich, was in den nächsten zehn Minuten auf mich wartete:

„Hast du auch meine guten Lehren befolgt?" frug Buz wie alle Tage. Plastisch erklärte er mir die letzten Finessen der Fingeraufsatzkultur.

Ich schickte eine Bewerbung an die Trinitatis-Gemeinde in Berlin, und hätte fast geschrieben „an die Tinnitus-Gemeinde".

Im Jahrtausend-Rückblick im Fernsehen wurde heut das Jahr 1972 vorgestellt: Man erzählte vom Napalmbomben Abwurf in Vietnam, und dem kleinen Mädchen auf dem berühmten Foto. Der Mann, der damals den Bombenabwurf befahl ist heut Pfarrer von Beruf und demgemäß von Kopf bis Fuß geläutert.

Er bat sein Opfer um Verzeihung, und es verzieh ihm. Bloß mir trieb´s fast die Tränen der Wut in die Augen, und ich an Stelle dieser Dame hätte ihm niemals vergeben.

„Vielleicht wird JESUS dir vergeben – ich kann es nicht!" hätte sie eigentlich sagen müssen.

In der Nähe vom Gasthof Bären leuchtete so schön ein Weihnachtsbaum

Dezember 1999

Mittwoch, 1. Dezember
Trossingen

Wolkig bis schön. Dann grau

Am Morgen hatte sich über den zärtlich lächelnden
Himmel eine zarte weiße Wolkendecke geschoben.

Beim Joggen am Gaugersee dachte ich: „So
originell ist das Versteck für meinen
Schlüssel (hinter dem kleinen Brettaltar
neben meiner Türe) nun auch wieder nicht, und
wenn der Hikaru schlau ist, so hat er´s am Geklapper
des Schlüsselbundes doch wohl längst gehört, wo ich
selbigen wohl hinzustopfen pflege bevor ich dann
eine ganze Stunde lang verschwinde?" Theoretisch
könnte er während meiner Abwesenheit ein wenig
„nach dem linken" schauen, wie man so zu sagen
pflegt??

Und so rechne ich auf dem Heimweg immer
damit, daß während meiner Abwesenheit einge-
brochen wurde, und meine Violine verschwunden
ist, so daß ich mich beruflich neuorientieren müsste.

Um viertel nach fünf besuchte ich den Coiffeur, da
auf meinem Haupt Buschalarm herrschte. Einen
Termin, auf den ich mich schon ein bißchen gefreut
hatte. Zu recht. Zwar mußte ich im Wartezimmer
noch etwa 26 Minuten warten. Ein nichtssagender
Sender dudelte nichtssagende SWF II-Melodien, und
ich las in den herumliegenden Illustrierten lauter

uninteressante Dinge, doch der Reiz des Illustrierten-
lesens besteht ja primär* darin, daß bei jedem
Seitenwenden die Chance auf etwas ganz und gar
Unglaubliches und Packendes besteht.

*Ein schön klingendes Wort, das sehr gerne von Anne-Sophie Mutter
genützt wird.

Im Nacken spürte ich die angenehm frische und
herbe Vorweihnachtswetterlage, und einmal betrat
jene geheimnisvolle Dame mit dem roten Mantel, die
ich unlängst auf der Buckelbrücke am Gaugersee als
so überaus malerisch empfunden hatte, den Laden.

Ein freundliches Fräulein befrug mich nach
meinem Frisurenwunsch.

„Ich möchte wieder aussehen wie ein normaler,
ernstzunehmender Mensch!" sagte ich. Dann dachte
ich über die Dachfrisur nach, die sich zuweilen auf
meinem Haupt bildet.

Ich erfuhr, daß die junge Frisöse von viertel nach
sieben in der Früh bis um 19 Uhr zu arbeiten pflegt,
und somit sehr wenig Zeit habe.

Heute erging das Urteil gegen den Sägemörder:
15 Jahre und anschließende Sicherheitsverwahrung.

Donnerstag, 2. Dezember

Nieselnd-trübe. Nur Mittags gab es einen kurzen,
überraschenden Sonnenschimmer
inmitten schwärzlicher Bewölkung

Im Traume *saß ich auf häßliche Weise in der
Zwickmühle: Ich reiste durch Italien, und meinen einen
Koffer, in dem sich drei Diarien befanden, hatte ich in einer
U-Bahn Station einfach <u>auf</u> den Gleisen stehen lassen, um die
nächste Etappe zu jenem Ort, wo ich um 19:25 vorunter-
richten sollte, mit etwas weniger Gepäck zurückzulegen.*

*„Wer wird schon meinen Koffer stehlen?!?" und
„Schlimmstenfalls wird er wohl abgegeben, und ich hole ihn
mir am Montag morgen im Fundbüro wieder zurück!" machte
Buz in mir unbekümmerte Worte drum.*

*Mit deutlich leichterem Gepäck und Buzens frischen
Worten im Ohr bestieg ich einen Zug in die Gegenrichtung,
doch an der Endstation waren meine Gedanken mulmiger
geworden. Pausenlos mußte ich darüber nachgrübeln, daß ich
die drei Diarien vielleicht nie wiedersehe? Ein hilfsbereiter
Italiener telefonierte für mich herum, weil mir der Gedanke
gekommen war, ganz rasch wieder zurückzureisen, und diese
Reise von mehr als 200km noch ganz schnell in die knappe
Stunde zu pressen, die mir vor dem Vorunterrichten blieb.*

Leider sehe ich „am Tag danach" – sprich, nach
dem Coiffeurbesuch, immer so depersonalisiert aus,
daß ich am liebsten unsichtbar wäre. So auch heute:
Eine aufgeplusterte runde Frisur bedeckte meinen
Kopf nach Art einer Haube.

165

Ich kaufte mir zehn Kassetten, die ich mir in der Musikhochschulbibliothek bis zum Bersten mit Klängen von Händel füllen wollte. Wahllos wie eine Hörgestörte, die Heißhunger auf die Zuckerbäckermusik von Händel verspürt. Sogar die Cembalo-Suiten, von denen eine Dame mal gesagt hat: „Nähme man die Sequenzen heraus, so bliebe nicht mehr sehr viel übrig!“ Doch das ganze Leben ist ja eine Sequenz, und manche Stücke von heutigen Komponisten heißen nurmehr „Sequenza“.

Ich richtete es mir im Tonstudio häuslich ein, indem ich einen ganzen Stapel „Strad*s“ mitnahm und anknabberte, so als seien es Äpfel.

*Hochglanzillustrierte für Geigenfreunde

Es wurde dunkel. Überall war´s so schön weihnachtlich beleuchtet, und über den Himmel zogen schwere schwarze Wolken. In dem frisch eröffneten kleinen Postladen herrscht immer so ein Streß – alles international, man versteht einander nicht, und vor den Schaltern bildet sich rasch mal ein Standstau.

„Sie haböt vergessö draufzuschreibö in welches Land das verschickt werdö soll!“

„Polland!“ bellt jemand aufgebracht.

„Polland oder Holland?“

Leider ist die fleißige alte Postbeamtin ein wenig schwerhörig geworden.

Am Abend rief mich sehr nett mein süßer Papa an: Ich erfuhr, daß Ming beim 70. Geburtstag von

Nikolaus Harnoncourt mit Gidon Kremer konzertiert.

Zum Feierabendgenuss möchte man so viele Reize wie irgend möglich übereinanderstapeln: Fernsehen und Videoschauen gleichzeitig, Händel hören und lesen, so als hätte sich das Genußbestreben fächerartig aufgefaltet. Im ZDF lief eine alberne Weihnachtsshow, und ein kleines Mädchen sang den Hit: „Mutti küsst den Weihnachtsmann".

„Entsetzlich!" rief ich mehrfach laut aus, damit der Hikaru hören und denken möge, daß ich von gehobenem Geblüte bin.

Freitag, 3. Dezember

Sehr frisch und schön,
wenn auch nicht ohne wechselnde Wolkengebilde

Zunächst las ich wieder in Opas Kinderberichten, und war gerührt, alte Briefe von der Uroma und der jungen Omi Mobbl vorzufinden. Ich schaute auf die Schrift drauf und dachte mit heiligem Schauder daran, daß irgendwann in den letzten hundert Jahren tatsächlich der Moment geherrscht hat, wo diese Worte niedergeschrieben wurden.

Eine Resonanz auf meine emsigen Karrierebemühungen habe ich bereits: Eine höflich formulierte Absage von Kirchenmusikus Martin Lücker aus Frankfurt. („Gegebenenfalls").

Buz am Telefon las den Wisch allerdings mit frischem Optimismus vor, doch man muß leider konstatieren, daß bislang noch niemand gegebenenfalls auf mich zugetreten ist.

Ich las in der „Brigitte" das Dossier „Hast Du dich aber verändert!"

Eine enttäuschte Journalistin schrieb einen offenen Brief an ihre Freundin „Lotte", und dieser Brief endete mit den wirklich sehr herben Worten: „Gruß – Sonja" , und beinhaltete im Wesentlichen die saure und vorwurfsvolle Aufzählung, daß die Lotte während des gemeinsamen Abendessens nach vielen Jahren des Nichtgesehenhabens, viermal mit dem Händi telefoniert habe, und praktisch genau so geworden sei, wie sie es früher verabscheut hat!

Zwei meiner Freundinnen hatten am Abend an mich gedacht: Zunächst die Veronika: Das Auto stünde abholbereit bei ihren Eltern in Pforzheim.

Dann rief mich die Katharina an, und wir verabredeten uns auf Montag.

Ich erzählte von dem Brigitte-Dossier und der veränderten Lotte. „Stell Dir vor, es wären schon vierzig Jahre vergangen? Dann würdest du sagen: „Halt Ausschau nach einer Omi mit einem breiten grauen Haarkranz!" und ich wiederum müsste schweren Herzens sagen: „Halt Ausschau nach einer

alten Huzzl mit einem weißen Pagenkopf und einem
schwarz-grauen Schnittlauch-Oberlippenbärtchen!"

Samstag, 4. Dezember

Regen

Ich joggte in triefendem Regen. Die Autos hatten
die Scheinwerfer eingeschaltet. Eine Dame rief mir
zu: „Sie joggen und duschen in einem!"
Der Eingang zum Gaugerstüble erinnerte an einen
japanischen Tempel im Regen!

Im Fernsehen sah man Mutter Beimer beim
Weihnachtseinkauf in London. Sie kommentierte
alles auf rheinisch, und dies sollte urig rüberkommen.
Man sah sie z.B. beim Sushi-essen in einem
japanischen Lokal, und über die Wasabi-Paste sagte
sie in einfachem rheinischen Humore: „Das ist
nichts mit dem man sich schminken kann!"

Dann rief mich der süße Ming aus Hannover an,
weil er gespürt hat, daß ich heut Zeitlang nach ihm
hatte. Ming und ich verstanden uns einfach
fantastisch, und mit Buz in Aurich sei es netttt
gewesen! schwärmte Ming begeistert.

Montag, 5. Dezember

Eingeschneit. Zarter Sonnenschein

Der Felix (der Kater von dem unter mir lebenden Komödianten Frank G.) ist inzwischen alt und senil. Den ganzen Tag schläft er auf dem häßlichen gelben Stuhl in der Vermüllungsecke im Flur. Natürlich hätte ich den sauertöpfischen Felix, den ich grad wie den Bratschenprofessor C. von ganzem Herzen nicht leiden kann, auch mit einem Buhruf erschrecken können, doch ich bin milder und gleichmütiger geworden, und gegen Abend schenkte ich ihm sogar den Speckrand von meinem Schinken.

In der Tankstelle stand ich hinter zwei Russen, die sich auf russisch häßlich bekläfften.
(Wahrscheinlich Mutter & Sohn.)
Bei dem Zoff der beiden ging es um eine Packung Tofifee: Ob die nun gekauft werden solle oder nicht?
Schließlich kam die vergrätzte Frau nochmals allein in den Laden und kaufte sie doch!

Mein Anrufbeantworter sagt zur Zeit: „Herr Bloser, sind Sie´s?? Hab ich´s doch geahnt!“….“
Daheim hatte mir Rehlein so nett auf Band gesprochen.
„Leider bin ich nicht der Herr Bloser!“ schelmte Rehlein so entzückend.

Dann rief ich Rehlein an. Rehlein klang so unglaublich warm und nett. Den Tannenbaum hat meine liebe Mama mit echten Bienenwachskerzen geschmückt.

„Schade, daß das die Mobbi nicht mehr erlebt!" habe der Opa gesagt.

Montag, 6. Dezember
Trossingen - Stuttgart – Lauterbach

Blass – leicht verschneit

Den Herrn im Fotoladen habe ich im Verdacht, ein gerissenes Schlitzohr zu sein, weil er mir einmal für meine Kassettenmäntelchen 40 Mark abgeknöpft hat, während er mich beim Abkassieren in ein bannendes Gespräch verwickelt hielt. In Wirklichkeit kostete die Zehnerpackung nur 4 Mark.

Dauernd verrechnet er sich zu seinen Gunsten, und wenn es der Kunde merkt, dann gibt er sich ganz erschüttert und murmelt etwas von „Frühjahrsmüdigkeit".

Fantastisch verstand ich mich mit der Dame im Schuhsalon, die mir die welk zu werden drohenden Konzertschuhe mit Schuhspannern ausspannte.

Etwas, was man vielleicht auch mit seinem Gesicht machen sollte wenn man älter wird?
(Der Wangenspanner)

Zugreise von Rottweil nach Stuttgart mit dem kleinen Matthias, meinem ehemaligen einzigen Schüler – dem kleinen Mozart aus Rottweil:

Ich fand den Matthias so entzückend und dachte gar in Worten von Buzens Spezi Peter Barcaba: „Ein so frischer junger Erstsemestler ist doch was Herrliches!"

Gleich zu Beginn der Reise bot ich dem Matthias das „Du" an. Den Matthias machte es im Nach-hinein etwas verlegen, daß er „Sie" gesagt hatte, doch er war es vom Unterricht her ja noch so gewöhnt.

Jetzt hat der Matthias ein paar Pickel in seinem lieben Gesicht, doch ihn stört es nicht, da er keinen besonderen Wert auf Äußerlichkeiten legt. Sogar das Thema „Glatze" streiften wir, und peinlicherweise hatte ich mir nicht einmal auswendig gemerkt, ob der Vater vom Matthias eine Glatze trägt oder nicht. (Er trögt eine, und hinzu mit Stolz. „Seht her! Ich habe so viel nachgedacht im Leben, daß mir dabei bis auf einen zierenden Rand alle Haare ausgegangen sind!")

Der Matthias meint, bei ihm finge die Glatzenbildung jetzt schon an, und in der Tat hatte sich sein Haar schon ein wenig lichtend aufgestellt – ein letztes Aufbäumen bevor es dann demnächst ausfällt?

Dann erzählte mir der Matthias, wie er beinah bei Wolfgang Rihm in Karlsruhe studiert hätt. Bloß sei der Rihm so kurz angebunden und desinteressiert gewesen. Junge Komponisten interessieren ihn kaum, weil er jetzt andauernd Auftragswerke schreibt, so daß er sich die vielen teuren Havannas leisten kann. Grad wie der Bundeskanzler Schröder!

Ich hatte immer gemeint, der Matthias habe die Einsilbigkeit von Vati Krüger geerbt, doch nun saß er mir so nett gegenüber, und erzählte aus seinem Leben als Studiosus.

Sein bestes Werk, so Matthias, sei eine Komposition für Klarinette, Geige, Cello und Klavier. Es konnte aber in Weikersheim nicht aufgeführt werden, weil die Herren Musiker nicht genug geprobt hatten. Er sagte „die Herren Musiker" – grad so, wie der Opa „die Herren Doktoren" zu sagen pflegt. Doch während es bei den älteren Semestern oftmals fauchig und empörungstreibend klingt, so klang es beim Matthias noch fröhlich-belustigt.

Dann sprachen wir über Hörgeräte, und ich mutmaßte herum, wie das wohl sei, wenn man sich als Normalhörender ein Hörgerät anschafft? Ob man dann vielleicht wirklich die Flöhe husten hört?

Neben dem Matthias saß ein grämlicher Mann, der sich unsere juvenilen Gespräche die ganze Zeit mit anhören mußte.

Ich spaßte, daß sich Vati Krüger seine Abmahnungen jetzt selber schreiben könne, da er ja nun sein eigener Chef ist.

Auf der Plattform vom Stuttgarter HBF verabschiedeten wir uns herzlich, und dann rannte der Matthias etwas ungelenk und verlegen davon, um seinen Zug nach Köln noch zu erhaschen.

Nachtrag 2021: Nie wieder gesehen

Ein mulmiges Gefühl begleitete mein Bestreben, mein Gepäck ins Schließfach zu legen, weil so viele Uniformierte herumstanden, als würde jeden Moment eine Bombe hochgehen.

Ich fuhr zur Hilde, und in der Straßenbahn hatte ich schon kein mulmiges Gefühl mehr, weil ich mich vom Ort des Geschehens entfernt hatte. (Komisch)

Der kleine Yussuf ist ein wenig nachgedunkelt, und das vormals europäisch zarte Näschen wächst nun doch in die Breite, so daß sich unübersehbar ein kleiner Mohr herauskristallisiert. Ich durfte ihn auch in den Arm nehmen, und die ganze Zeit schaute er mich so ungläubig und ernst an.

„Er denkt: Was ist denn das für eine Hundertjährige!" scherzte ich, und Vati Omar lacht immer so bezaubernd über meine Späße.

Mutti Hilde hat schon so nett ein Babyalbum für den Herrn Sohn angelegt – doch was, wenn er später einer von jener Sorte wird: „Ach Mutter, lass doch die alten Geschichten! Das ist doch alles Schnee von gestern!"

Eigentlich ist der Yussuf ein sehr ruhiges, fast unauffälliges Baby, nur 2-3 mal drohte er kurz in ein Plärrkonzert zu verfallen. Listig schlug ich vor, daß man ihn bei den geringsten Anzeichen in eiskaltes Wasser tunkt. „Das macht er zwei, dreimal und dann nie wieder!" weissagte ich.

Dann fuhr ich wieder zum Hauptbahnhof, und in der Straßenbahn sind die Reisenden mal ganz schön zusammengezuckt, weil ein Köter plötzlich keifend aufkläffte.

Pizzeria in Schramberg:
Im Schein einer flackernden rosa Kerze saß ich meiner alten Freundin Katharina gegenüber.

Es war nett, aber ich bedauerte, daß wir uns so lang nicht mehr gesehen haben, denn wenn man dann wieder beieinander sitzt, haftet dem Treffen so etwas „brigitte-dossierliches" an, als ob sich zwei alte Schulfreundinnen wiederträfen, und man sich erst mühsam anwärmen müsse.

Die Katharina hat großen Kummer wegen ihrem Dieter, mit dem sie schweren Herzens Schluß gemacht hat, weil der Schwabe „Chrischdof", der Neue an ihrer Seite, sie herzlos vor die Wahl gestellt hatte: „Er oder ich! Entweder oder. Ö Kompromiss gibt´s da für mich net!" Doch jetzt vermisst sie den Dieter, und er sie auch, weil ein warmes Gefühl der Vertrautheit geblieben ist, das sich nicht einfach wegwischen lässt.

Ich erfuhr allerhand:
Von ihrer Schwester hat sich die Katharina ein wenig abgewandt. Sie waren gemeinsam im Urlaub, und dort kam´s zu einem häßlichen Zwist.

Ausgehend von ihrem zankeslüsternen Schwager Albert.

In dem ungemütlich mattbeleuchteten Bushäusl vor der Pizzeria standen zwei düstere Gestalten.

Zu später Stund´ fuhren wir mit dem Bus nach Lauterbach zurück.

Katharina und Christoph wohnen in einem gemütlichen dreistöckigen Haus. Ich stellte mir vor, wie ich für immer zu ihnen ziehe, und mich den ganzen Tag wie eine Katze im Lehnstuhl fläze.

Der Christoph als Neuer an ihrer Seite, der jedoch leider einen leicht kühlen Hauch „Frühjahrsputz" in die Wohnung gebracht hat, hat der Katharina einen wunderschönen Adventskalendertisch gebastelt.
Kleine Häuschen und Gebäude, befüllt mit Pralinen und sonstigen Überraschungen. Wenn sie ihm später einmal zürnt, so solle sie immer an diesen schönen Adventstisch zurückdenken, und schon ist sie ihm wieder gut.

Wir riefen unsere liebe Freundin Ute M. an:
Die frisch verliebte Ute klang so glücklich und wiederholte jene Worte, die sie mir schon zwiefach geschrieben hat, nun auch mündlich: „Mir geht´s unverschämt gut!" Am 5. August will sie heiraten, und Nachwuchs sei auch geplant, doch „wir arbeiten noch nicht daran" (erfuhren wir).

Die Eva sei langweilig geworden, seitdem sie verliebt ist, erfuhr ich.

Jeden Donnerstag gehen Christina und Eva zusammen essen, aber jetzt spricht die Eva nur noch von ihrem sog. „Dreamboy".
(Uninteressant für andere)

Dienstag, 7. Dezember
Lauterbach - Stuttgart - Trossingen

Grau bewölkt

Ich frühstückte mit Katharina und Christoph, und der Christoph macht mich, wie fast alle Männer, leicht verlegen.

Christoph und Katharina haben sich ein schönes, großes Ikeabett für Eheleute gekauft. Jedoch mit nur einer Klemmleuchte in der Mitte, so daß notgedrungen einer von ihnen die Schirmherrschaft über die Klemmleuchte übernehmen muß.
Ich parodierte einen Klemmleuchtenzwist der ausbrechen könnte, und in dessen Verlauf ein Jeder seine Meinung um 180 C° wendet, so daß man den Zwist nun von der anderes Seite her fortsetzen könne.
„Machsch du bitte Licht aus!"
„Noi, i les grad noch!"
„I bin jetzt aber müd, und will schlafö!"
„Ha, dös Kapitel wird i doch wohl noch zuende lesö dürfö??!"

„So, du haschs mal wieder g´schafft. Jetzt bin i nimmer müd….“

„Jetzt bin i grad ferdig g´wordö, und tät gern des Licht ausmachö!“

„Kanschs grad olasse…“

Nach einer Weile löste sich die Frühstücksrunde auf: Der Christoph mußte zum Kardiologen, und Katharina und ich fuhren in die Stadt. Wir reisten nach Horb, wo auf die Katharina ein Nachmittag in der Musikschule wartete.

In der Musikschule lernte ich eine Dame kennen, die schon gewußt hatte, daß ich mich in Kassel „b´worbö hätt“, da ihre Schwester dort als Bratschenlehrerin tätig ist, und in der Kommission saß. Die Dame sagte mir schmeichelhafte Dinge: Ich hätte ganz toll gespielt, und ihre Schweschter hoffe ganz, ganz arg, daß ich komme!“

Stuttgart:

Man hatte einen Kontrollator in die Straßenbahn gesetzt, den man als Penner getarnt hatte. Doch plötzlich erhob er sich und kontrollierte los. Vielleicht aber hat sich auch ein listiger Penner einfach in einen Kontrollatoren verwandelt, der sich etwas Bußgeld zusammenschnorren wollte?

Der kleine Yussuf schlief die ganze Zeit. Fast so, als wäre er gestorben. Später hat er dann allerdings doch geplärrt. Ich hielt ihn im Arm, und busselte auf das zarte, braun-violette zahnlose Bündel ein.

Nach einer Weile saßen wir Damen uns bei einem Salat gegenüber, und die Hilde nährte ihr Kind an ihrem prallen Busen.

Abends rief ich meine Großkusine Nikola an, mit der ich mich einfach fantastisch verstand.

Ich erfuhr, daß die Nikola am 31.10.1996 geheiratet – ihren Mann aber seit dem 4.11.1996 nicht mehr gesehen hat. Eines Abends verschwand er spurlos.

Abends schaute ich einen spannenden Film über die letzte deutsche Frau, die zum Tode verurteilt wurde: Irma K. geb. 1920, hängte ihre beiden Kinder auf, um für die Liebe ihres Lebens frei zu sein, und wurde zum Tode verurteilt. Doch kurz vor dem Hinrichtungstermin wurde im Jahre 1949 die Todesstrafe abgeschafft. Heut ist Irma K. ein Pflegefall und liegt nur noch im Bett. Eine anonyme Nummer in einem Seniliorenheim.

Mittwoch, 8. Dezember

Wolkig und doch sonnig

In der 30 000 Einwohnerstadt Kehl, treibt ein
neuer, bislang unbekannter Serienmörder sein
Unwesen: Der Slipmörder. In freudig-wohligem
Schauder machten ein paar Frauen vor laufender

Kamera Worte drum: Daß man abends nicht mehr alleine ausginge. Und dabei lauert er, der immer nach dem gleichen Muster verfährt, (er überfällt und ermordet Frauen, und zieht ihnen den Slip aus (entwürdigend)) seinen Opfern stets im Morgengrauen in düsteren Hauseingängen auf.

Eine Frau hat den Überfall sogar überlebt. Überraschend sachlich, so als spräche sie über Weihnachtseinkäufe, berichtete die windverblasene, herbe und nicht mehr junge Frau, wie sie den Gesuchten im Flur ihres armseligen Mehrfamilienhauses hat stehen sehen!

„Habense den Schlüssel verloren oder warten Sie auf jemanden?" habe sie hilfsbereit gefragt.

„Nein!" sagte der Slipmörder auf eine seltsam verklärte und ungreifbare Weise. Als die Dame sich dann auf ihr Rad schwingen wollte, überfiel er sie von hinten und hieb auf sie ein, so daß der wüste Hieb auf den Hinterkopf mit fünf Stichen genäht werden mußte!

Auf dem Weg zum Einkaufen traf ich den Bratschenprofessor C. mit seiner Tochter, und grüßte überaus kurzangebunden, so daß er es wahrscheinlich gemerkt hat, daß ich ihn nicht leiden kann.

Doch das ist mir grad wurscht, und ich hatte keinen Bock, Respekt oder Wohlwollen zu heucheln.

In der Bäckerei sagte die eifrige, dunkelhaarige Verkäuferin Simone Schneider: „Wenn ma Ihnö helfö kann, so sagöt Sie´s ruhig!" Vor lauter Festigkeit und Eifer klang es fast ein wenig zweideutig, doch ich kenne das seelengute Fräulein ja. Ich kaufte allerlei und verabschiedete mich kontrastierend zu meiner Kurzangebundenheit mit dem C. in großer, frischer Herzlichkeit.

Ich änderte meine Ansage auf dem Anrufbeantworter, und Ming belustigte sich hernach sehr darüber: „Franziska König und Mohammed al Fayed sagen Grüß Gott!"

Donnerstag, 9. Dezember

Grau. Zum nieseln tendierend

Im Flur begrüßte ich mich sehr herzlich mit dem Lautenprofessor Herrn Waguscheidt.
Wir setzten zu einer verbindenden Unterhaltung an, doch da kam der C. des Weges, begrüßte den W. auf seine schleimige Art mit einem Wiener Doppel-bussi, und nahm den Kollegen einfach in Beschlag, ohne mich zu beachten, so daß ich bald weg-gegangen bin.
Sicherlich hat er es noch nicht weggesteckt, daß ich gestern so kurzangebunden zu ihm war, und diesmal war *er´s* der mich nicht beachtet hat.

Ich begegnete Petras Freund Tobias und erfuhr, daß die Petra jeden Donnerstag von 10 – 16 Uhr im Orchester spielen muß, und innerhalb dieser aneinandergehefteten Stunden gäbe es lediglich eine einstündige Mittagspause. Bald wolle sie nach Aurich reisen, um bei meinem strohverwitweten Papa eine Violinstunde abzustauben. *Vielleicht sogar eine „Violinstunde" in Anführungszeichen?* Dies und mehr denken Damen in meinem Alter, denn man weiß ja praktisch nie, wie sich der Magnetismus zwischen Mann und Frau in leeren Räumen entfaltet.

Abends rief ich in Stuttgart an. Der Omar – „der Mann aus dem Busch" - hob ab.

„Bin ich überhaupt richtig? Ich habe die Vorwahl vom Busch leider nicht!" scherzte ich gewagt, doch der Omar lachte fröhlich darüber.

Die Hilde erzählte gänzlich wertungsfrei im Tonfall, daß der Omar abends vorm Computer oder dem Fernseher säße. Hat man sich das Ehe- und Familienleben wirklich so vorgestellt?

Der kleine Yussuf schlief. Aber heute habe er den ganzen Tag geweint.

Plötzlich fiel mir ein - und dieser Einfall stimmte mich wehmütig - daß die Weihnachtsfeste in Ofenbach in den letzten Jahren trostlos gewesen sind: Der Opa war schlecht gelaunt, weil er Angst hatte, dies sei nun womöglich sein letztes Weihnachtsfest, und die Omi Mobbl ärgerte sich, weil der Herr Gemahl schlecht gelaunt war.

Bloß im letzten Jahr war's richtig schön. Allerdings war es damals für die Mobbi tatsächlich das letzte Weihnachtsfest.

Freitag, 10. Dezember
Trossingen – Bad Vilbel

Dunkelweiß, grau

Im Bette liegend fühlte ich mich wie eine Kanonenkugel: Beim Weckerschrill müsste ich sofort aus dem Bett schießen, da ich doch heut bei der Hilde frühstücken wollte.

Um zehn Uhr traf ich in Stuttgart ein, kam allerdings erst um zehn Uhr 41 bei der Hilde an, so daß man sich fragen muß: Was geschah in den vergangenen 41 Minuten?"
Die Hilde war leider schon ein wenig genervt, weil der Säugling seine Zurückhaltung aufgegeben hat und nun beständig am Plärren war. Etwas, was man zuvor nicht bedacht hatte.
Einmal schauten wir durch die kleinen zarten Nasenlöcher und stellten fest, daß sich in einem ein zarter Spinnweben verankert hat.
Wir bestaunten die appetitlich braunen Säuglingsschlegel vom kleinen Yüsslein.
Ich erfuhr, daß der Omar derzeit den Ramadan abhält: Vier Wochen lang darf er erst nach Sonnenuntergang etwas essen.

Auf die Margarethe freute ich mich sehr – solcherart, wie man sich auf einen Besuch bei seiner Schwester freut.

Heute lernte ich ihren Mann Konrad, mit seiner
käppiförmigen Hochglanzglatze nur flüchtig kennen.
Erstens weil er gleich zu einer Sitzung aufbrechen
mußte, und zweitens, weil's vielleicht ein Mensch ist,
der von Außenstehenden nur flüchtig kennengelernt
werden möchte?

„Gute Reise gehabt?" frug er mich flüchtig und
entfernte sich, ohne seiner frischgebackenen Ehefrau
ein Abschiedsküßchen aufzustempeln.

Plastisch erzählte ich der Margarethe, wie Buzens
Schwiegerschülerin Shinghua den ganzen Abend
heulen täte, wenn ihr Mann sich kußfrei von ihr
verabschieden würde.

Samstag, 11. Dezember

Grau und blass

Allerhand geträumt: *z.B. von einer Familie mit zwei
riesigen, rundköpfigen Säuglingen, die bei einem Ausflug in
den Bergen je ein Luftfeuchtigkeitsmessgerät auf dem Rücken
trugen. Einmal gab mir die Frau mit dem einen Säugling im
Arm auf eine harmlose Frage eine ganz sauertöpfische
Antwort. Sie, zuvor von normaler Höflichkeit, blaffte mich
direkt ungezogen an. Ich entschuldigte dies aber damit, daß die
Luftfeuchtigkeit so ungewohnt war.*

*Ferner hatte der George ein wirklich befremdliches Hobby:
Er pflegte die schönsten musikalischen Meisterwerke
aufzulegen, und dazu auf seiner Heimorgel die Bässe
dazuzututen.*

Im Hause Schomberra geht es stets angenehm klar und ordentlich zu. Ein Leben, dessen Keim bereits in der Hochzeitseinladung vor zwei Jahren verborgen schien:

Was wir gar nicht schätzen:
Brautentführungen,
Kindergeschrei ab…Dezibel.…

Mittags kochte Mutti Margarethe Spaghetti mit Hackfleischsoße aus dem Glas, und der Konrad gab sich überraschend plaudersam, weil er ein moderner Mensch ist und weiß, daß von einem Ehemann im Allgemeinen erwartet wird, daß er auch mal etwas von *sich* erzählt. Er erzählte, daß es heute in der Besprechung nicht so feierlich hergegangen sei, weil man in einen Streit geriet, ob es wohl reiche, wenn man den Gottesdienst nur einmal im Monat für die Alten veranstaltet?

Irgendwie fühlte ich mich ein bißchen von meinen Lieben daheim hinweggeblendet. Keiner weiß wo ich bin, so wie auch leider niemand mehr weiß, wo die Mobbi ist.

Selbst wenn man vielleicht auf die Idee kommen sollte, ich würde die Margarethe besuchen, so wüsste niemand, wo sie wohnt, und wie sie nach ihrer Eheschließung denn nun überhaupt heißt?

Und wie sie mit Mädchennamen hieß hat man vergessen.

Ganz so grob wie gegen ihre Mutti ist die Margarete zu ihrem Ehemann (noch) nicht, zumal sie z.Zt. noch verliebt ist, was sich sogar einmal in einer längeren Umarmung niederschlug.

Die Margarethe ist seit ihrer Eheschließung etwas lautlos, und vielleicht sogar ungreifbar geworden.

Der kleine Leopold sieht fast immer erstaunt aus, und ist darüber hinaus wirklich pflegeleicht, so daß man manchmal direkt vergisst, daß es ihn überhaupt gibt.

Am Abend wurde er liebevoll in einem kleinen blauen Wännchen gebadet, auch wenn er überhaupt nicht gemuffelt hat. Doch auch hier gilt: Wehret den Anfängen.

Ich las die Heiratsannoncen in der ZEIT.

Alles in allem muß ich sagen, daß die Männer sympathischer rüberkommen als die Frauen. Mich berührt es peinlich, wenn jemand ganze Satzteile auf französisch oder englisch, oder von „Charme" und „Niveau" schreibt.

In Opas Kinderberichten las ich, daß der Opa immer so gern ein zärtliches Kind gehabt hätte. Doch erst sein 4. Kind, der kleine Hagi, wurde ein umarmungsfreudiger und zärtlicher Mensch (von der süßen Mobbi ererbt).

Und an dieser wunderbaren Eigenschaft hatten Opa und Mobbl eine unverlierbare Freude.

Sonntag, 12. Dezember

Trübe und regnerisch verhangen –
so wie in Japan zuweilen

Der kleine Leopold lag in seinem Babywännchen und schaut auf die Erwachsenen drauf, die wie Riesen am Frühstückstisch saßen, schwatzten und vor sich hinlöffelten.

Ich erzählte die Geschichte von dem russischen Akkordeonisten, der drei Monate im Jahr in Deutschland Straßenmusik zu machen pflegte.

Nach Ablauf dieser Zeit war er – zumindest für russische Verhältnisse – ein reicher Mann, und ging ersteinmal einkaufen. Mit Geschenken beladen kehrte er zu seinen Lieben nach Moskau zurück.

Begeistert wurden die Geschenke ausgepackt: z.B. eine roten Klobrille für das Sammelklo auf dem Stockwerk. Die Freude war groß.

„Unser roter Platz!" rief man vergnügt aus.

Um zehne mußte der Konrad zum allsonntäglichen Gottesdienst aufbrechen, und um elf war er schon wieder da.

Die Margarethe hat ihre leicht abwesende, lautlose Art, die sich über die letzten Jahre unserer Bekanntschaft gestülpt hat, beibehalten. Sie räumte lautlos herum, kümmert sich liebevoll um den kleinen Leopold, und wenn man etwas Lustiges sagt, dann lacht sie auch – doch nur leise, und es liegt immer etwas leicht abwesendes, ungreifbares darüber.

Nach einer Weile studierte sie einen Schlager-
gesang ein, der mir z.T. sehr gut gefiel. Ich mußte
immer lachen, wenn sie mit ihrem Ohrgehänge, dem
Zwicker auf der Nas und der Pfarrfrauenaura ihre
Refrains sang.

Laut sagte ich: „Tagsüber die brave Pfarrfrau.
Nachts ein Vulkan!"

Beim Mittagessen sprachen wir über Deutschlands
jüngste Omi: 29 Jahre! Aber der kleine Leopold wird
in meinem Alter wohl kaum noch Großeltern haben,
weil die dann alle schon tief in den Hundert stüken.

Drum muß er sie *jetzt*, währenddessen, noch
intensiv genießen, und heute fuhr man in die
benachbarte Kreisstadt zu Konrads 68-jähriger
Mutti: Omi Renate.

Ich machte dem Konrad ein Kompliment, weil er
stets so väterlich besorgt ist. In früheren Zeiten, so
ich, hätten die Väter zu ihrer Frau gesagt: „Sieh bitte
zu, daß er ruhig gestellt ist, wenn ich nach Hause
komme!"

Als wir im Lokal „Zur grünen Tanne" im
Landkreis Gießen eintrafen, war es bereits dunkel.

Den Jubilatoren – Herrn Dr. Schlemmer – lernten
wir bereits im Flur kennen. Der freundliche Herr mit
der grau-weißen Igelfrisur, der heute seinen 60.
Geburtstag feierte, hatte sich auf uns Musikanten
schon vorgefreut.

„Sie sind die Frau König!" sagte er und reichte mir
galant die Hand. Ich fand den Herrn sehr nett.

Unser zirka siebenstündiges Musizieren war mit launigen Reden aller Art durchsetzt.

Auch eine Variante von der „Gräfin Dönhoff", - eine Tante zweiten Grades - die den frischgebackenen 60-jährigen einst als acht Tage alten Säugling in der Wiege hat bestaunen dürfen, hielt eine kleine Ansprache, und trotz der gelösten Geburtstagsstimmung glaubte ich doch, die unbeugsame Preußin herauszuhören. Hernach bekam sie ein linkisches Küsschen von dem Jubilatoren oder Jungsenioren, dem seine Unsicherheit darüber anzusehen war, ob dererlei wohl passend wäre? Doch die alte Dame sagte zur allgemeinen Erleichterung: „Das tat mir jetzt gut!"
Worte, die ein kollektiv frohes Auflachen nach sich zogen.

Die Margarethe war etwas in Aufruhr, weil es hieß, ihr Cello klänge ein wenig dünne. Ich brachte die Rede auf Herrn Hamanns Cello, und frug, ob er sich wohl schon Gedanken gemacht habe, wer das Cello nach seinem Ableben spielen solle?

Könnte doch sein, daß er nach einem Ehezwist wutentbrannt sein Testament geändert hat? „Mein Cello, meine Tagebücher, mein ganzes Hab & Gut…alles bekommt meine Meisterschülerin Margarethe G.!"

Gegen Mitternacht wurde ein heiteres Spiel gespielt, das für johlendes Gelächter sorgte: Man öffnet ein Geschenk, und findet darin ein neues

Geschenk mit einem kleinen Reim – gedichtet mit wenig Sinn für Rhythmus, und großem Mut zur Lächerlichkeit.

Beispielsweise:

„Weitergeben musst du dies´Geschenk auch.
Und zwar dem Mann mit dem größten Bauch!"

„Bäuche einziehen gilt nicht!" rief eine fröhlich aufgeschäumte Frau im Pluralismus aus, so daß der Opa dies nicht gutgeheißen hätt´.

Der Sohn vom Dr. Schlemmer hielt eine humorvolle und rührende Rede, doch die Margarethe wurde von marternden Empfindungen gepeinigt, er könne über uns Musikanten denken:

„Vater wird nun wirklich allmählich senil. Ein Grammophon hätte es doch wahrlich auch getan! Und womöglich hat er denen auch noch 200 Mark versprochen?!"

Doch zum Schluß gefiel unsere Musik, die zuvor im allgemeinen Geplabber untergegangen war, ein paar ansentimentalisierten Gästen.

Erst um vier Uhr morgens kamen wir bei Konrads Mutti an, die gottlob wirklich sehr nett ist, und sogar geduldig auf uns gewartet hatte.

Montag, 13. Dezember
Bad Homburg - Pforzheim

Vorbeiziehende Wolken. Herb und reizvoll

Ich frug die Margarethe ob sie für ihren neuen angeheirateten Neffen, den 14-jährigen Silvio wohl bereits tantliche Gefühle entwickelt habe?

„Ein bißchen!" sagte die Margarethe, und ich badete mich in Gedanken, wie der Neffe jetzt heranwächst, und die Margarethe ihn plötzlich mit ganz anderen Augen sieht?

Frühstück:
Ich erfuhr, daß die Exfrau von Omi Renates 42-jährigem Erstling Dieter direkt in der Doppelhaushälfte nebenan wohnt, und in zweiter Ehe mit einem sehr lustigen Mohren verheiratet sei. Mit dem habe man in den vergangenen zwei Jahren mehr gelacht, als mit dem ernsten und verdrossenen Sohn die ganzen Jahre zuvor, so daß es fast schien, als sei Omi Renate über diesen neuen Nachbarn aus einem fernen Erdteil fröher als über ihren eigenen Sohn, der nach der ehelichen Enttäuschung in den hohen Norden verzogen ist.

Leider haftet der Margarethe z.Zt. genau jenes Element an, das bei fast allen Verliebten zu beobachten ist: Daß sie für mich nämlich nur noch eine Attrappe ist. Ein bißchen so, als sende man einen Stellvertreter in der eigenen Hülle aus, um dem

Gast die nötige Huldigung zu erweisen, während man sich selber leider ganz in Dampf & Luft aufgelöst hat.

Beim Abschied sagte ich: „Ich fahre jetzt erstmal nach Pforzheim, und dort verliert sich meine Spur….“

Dienstag, 14. Dezember
Pforzheim - Trossingen

Grau und verregnet.
Geschniesel, bis hin zu richtigem Geschnei.
In Trossingen lag Schnee

Heute stieg die Aktion „Autohol“ tatsächlich. Ich telefonierte sehr nett mit der Veronika und fühlte mich wie eine Frau, die heut ihr Adoptivkind abholt, und diesem Abenteuer mit gemischten Gefühlen entgegensieht.

Vom Bahnhof aus lief ich in die Spichernstraße, wo Veronikas Eltern leben.
 Zu Mutti H. sagte ich: „Ich bin extra langsam gelaufen, um die Vorfreude besser zu genießen.“
Doch Frau H. verstand diese Worte auf Art eines bescheidenen Menschen miss und meinte, es sei die Vorfreude auf das Auto gewesen, und dabei war es doch die Vorfreude auf sie! Ich liebte die Eltern von der Veronika so, als seien´s meine Großeltern, auch

wenn die Aura von Mutti H. einem fast ein wenig die Luft abschnürt, weil man den Bluthochdruck so spürt. Mutti H. konnte auch gar nicht recht gemütlich sein, weil sie immer daran denken mußte, daß ich als Heimstrebende nachher womöglich in Dunkelheit und Schnee versinke?

Mir wurde ein Kaffee und ein Stück Stollen angeboten, und ich versuchte menschliche Wärme und Inspiration zu verbreiten. Doch Mutti H. wühlte sich angespannt durch einen Berg von Autopapieren, und gerührt sah ich, wie Veronikas Papa früher ein Fahrtenbuch geführt hat (mit leicht zittriger, raumsparender und zierlicher Schrift). Sogar die Tankstellen, an denen er getankt hatte, gab der gewissenhafte Mann der Ordnung halber an. Mutti H. fand das ein wenig übertrieben, doch mir gefiel´s.

Schließlich begaben wir uns in die Tiefgarage (im übertragenen Sinne in das Kinderheim, wo das Adoptivkind auf einen wartete), und mir fiel gleich auf, daß das rote Auto die Persönlichkeit von der Veronika adaptiert zu haben schien: Alle anderen Autos standen gesellig beieinander, und bloß dieses eine stand ganz abseits, und wirkte still und geduckt.

Der etwas muskeltonusschlappe Kofferraum hätte Mutti Himstedt um ein Haar geköpft.

Dann fuhr ich Mutti Himstedt etwas dilettantisch und wackelig einmal ums Karée.

Zum Abschied gab ich ihr sogar einen Kuß, und er fühlte sich so wunderschön an.

Anstrengend war jedoch, wie ich mich aus Pforzheim zum Bahnhof hinwand.

Am Bahnhof ging soeben ein dünnpfiffartiger
Schneeregen nieder, und es war so kalt und ungemütlich geworden.

Außerdem hatte ich das Gefühl, angehupt worden
zu sein, weil ich vielleicht jemandem die Vorfahrt
genommen hatte?

Ich holte mein Gepäck aus dem Schließfach.

Die Fensterscheiben beschlugen sich immer so arg,
daß ich wie eine Wilde wischen mußte. Vor Schreck
fuhr ich gleich in eine Tankstelle, und ein
Bediensteter erklärte mir, was man mit dem Gebläse
machen müsse. Erfreut und frisch belehrt fuhr ich
weiter.

Zuweilen verlief meine Fahrt aufregend. Besonders
wenn hinter mir jemand verärgert aufleuchtete, weil
ich so langsam bin oder war.

Irgendwie bilde ich mir ein, daß der ganze
Verkehrssegen schief hängt, wenn ich auf der Straße
mitmische. Etwas, was allerdings sehr viele Haus-
frauen über sich denken.

Als das Ortsschild „Calw" aufleuchtete, hob sich
meine Laune bei der Idee, die Eva zu überraschen,
weil´s doch erst 17 Uhr 20 war.

Auf die Eva hatte ich aber vielleicht nicht so viel
Lust, weil sie grad verliebt ist, und es mit Verliebten
langweilig sei, wie ich jüngst von der Katharina
erfahren hatte.

Ich rannte durch die weihnachtlich geschmückte Stadt. Leider war die Eva heut gar nicht da, und nur dem Musikschulleiter Herrn Haag schwenkte ich kurz die Hand. Doch wie fast alle Herren stimmte auch er mich verlegen.

Auf dem Heimweg glaubte ich gar, den Grund für diese Verlegenheit gefunden zu haben: In den Sinnen vieler Männer spiegeln sich die Frauen als unersättlich liebeshungrig und gleichzeitig völlig unbedarft, so daß man sich von diesem Eindruck, den man bietet, wohl oder übel peinlich berührt fühlen muß.

„Wie sie mich anschmachtet, und dies unter zurückhaltend sprödem Bissgurnentum zu verbergen sucht. Es ist unerträglich!" besprang mich ein Gedanke von Herrn Haag. Doch in Wirklichkeit hat Herr Haag wahrscheinlich gar nichts gedacht.

Dann setzte ich die Reise fort. Ich fuhr immer nur durch Dörfer, weil ich mir nicht zutraute, mich gescheit auf die Autobahn einzufädeln. Bald hatte ich das Gefühl, gar nicht mehr aus dem Landkreis Calw-Nagold herauszukommen. Dann begann's auch noch ganz schnell und trommelnd zu schneien, so daß sich mir eine optische Täuschung auftat: Durch das Geschniesl hatte ich das Gefühl, gar nicht mehr nach vorn zu fahren, sondern zurückgeschoben zu werden.

Ich war mir fast sicher, in Horb in einem Hotel absteigen zu müssen, zumal es noch fast 50 km bis nach Rottweil dauern sollte.

Doch ich fuhr immer weiter….

Nach einer Weile stellte ich mir vor, jetzt seien es noch genau 50 km bis nach Trossingen, und so rief ich laut nach jedem Kilometer: „Noch 49 km bis Böffölou!"

Ich veralberte damit Frau Leerhoff, meine Deutschlehrerin auf dem Gymnasium, die mich einst bat, ein bedeutendes Gedicht von Fontane vorzutragen:

Drama im Klassenzimmer um 1976 herum

„….Von Detroit fliegt sie nach Buffalo!"
las ich rotohrig und schüchtern vor.
„Böffölou!"
Ich fuhr fort:
„….Und noch zwanzig Minuten bis äh Buffalo!"
„Böffölou!!!"
Ich las weiter:
„….Und noch zehn Minuten bis Buffalo."
„Nach Böffölou!!!!!"
„….Rettung: der Strand von Buffalo!"

„Böffölou!!!"

Ich brachte es einfach nicht über's Herz, den Ortsnamen auf englisch auszusprechen, und Opas Geist zu verraten. So war ich nunmal….Heut, in gereiftem Zustand, ging er mir jedoch leicht über die Lippen.

Plötzlich war ich in Rottweil vom rechten Wege abgekommen, und fuhr elf Kilometer lang Richtung Schramberg.

Zu meiner Ehrenrettung muß gesagt werden, daß ich die ganze Strecke auswendig fuhr…nun war´s schon fast neun, und ich sandte meine Gedanken in die Wohnstube nach Pforzheim, wo sich Mutti und Tochter Himstedt jetzt wohl aufregten, daß ich immer noch nicht angekommen bin – und in der Tat hatte die Veronika später beim Melden schon ein ganz zittriges Stimmchen.

„Ich bin nicht so besonders gut gefahren. Doch die anderen schon!" gab ich zu.

Um halb zehn war ich daheim, und wenn ich bei dieser Reise ums Leben gekommen wäre, dann wäre mein Leben zeitgleich mit diesem Tagebuch beendet. Aber am Abend durfte ich ein neues Tagebuch beginnen….

Mittwoch, 15. Dezember

Zauberisch.
Allerdings am Nachmittag nicht auffallend sonnig.
Schnee

Ich begab mich ins Reisebüro, um mich bzgl. meiner Reise nach Ofenbach über Stuttgart und Nürnberg professionell beraten zu lassen.

Einmal schepperte mein Altglas, das ich bei mir führte, in dem kleinen Laden, in welchem eigentlich eine gedämpfte Atmosphäre gegenseitigen Respekts herrschen sollte, ungebührlich auf. Ich murmelte eine Entschuldigung an eine Dame hin, die das Geschepper hat mit anhören müssen, doch meine dahingemurmelten Worte hörte man kaum.

„Sie kennen alle Kunden auswendig!" scharmte ich das junge Fräulein an, weil es sich gemerkt hat, daß ich Nichtraucherin bin.

Am Abend rief ich den kleinen Johannes zum Geburtstag an: Mutti Moni kam an den Apparat, und wir Damen plauderten uns warm. Anteilnehmend befrug ich sie nach ihrem ehelichen Glück. („Och ja").

Dem kleinen Johannes erzählte ich kindgerecht von meinem neuen roten Auto, und davon, daß ich vergessen habe, mir das Kennzeichen einzuprägen. Nun sei´s wie alle anderen Autos in der Straße dick eingeschneit, so daß ich leider den Überblick verloren habe, welches wohl das Meinige sei?

Am Nachmittag joggte ich wie alle Tage am Gaugersee in zart verschneiter Landschaft. Am Himmel schwebten einige dottergold beleuchteten Wolken, und den Mond sah man als bleichen, aber plastischen Himmelskörper nur halb. (Der Rest der Kugel war einfach hinweggeblendet)

Abends schaute ich einen Film mit Christiane Hörbiger, die sich als liebeskranke alte Dame den gutaussehenden Callboy Alexander kommen ließ, dem sie völlig verfiel! Zum Schluß erschoss sie ihn, weil er sich in ihre Schwiegertochter verliebt hatte.

Blassgrau und kalt.
In Trossingen eingeschneit

Am Morgen im Bett hatte ich das leise Gefühl, von Flöhen bezwickt zu werden, und zu der latenten Unruhe über das verschneite Auto, das ich nun bis zum nächsten Jahrtausend hier herumstehen lassen muß, gesellte sich die Vorbänge, wie die schwarzen Pünktchen wohl umeinanderhopsen, wenn ich im Januar zurückkehre?

Im Morgengrauen war ich tüchtiger denn je:

In jene halbe Stunde bis zu meinem Aufbruch zwängte ich ein kurzes Staubsaugeraufheulen, und das Bett bezog ich für einen eventuellen Gast auch noch frisch. Dann entfernte ich mich mit lautem Gepolter.

Frühstück bei der Hilde:

Das kleine Baby lag ganz brav auf dem Sofa und gab keinen Laut von sich.

Heute sprachen wir über alte Bekannte: Paulette (unerträglich schwierig), Valerie (unerträglich) und Eva (zur Zeit langweilig, da verliebt)

Leider müffelt das Baby ein wenig säuerlich, weil die Muttermilch zuweilen in eine Halsfalte rinnt, und dort vor sich hingärt.

Ich erfuhr, daß Hildes Schwester in einer Woche einen Mohren aus Afrika heiratet, und die Hilde als Trauzeugin auserkoren wurde.

Im Plattenladen suchten wir Weihnachtsgeschenke für die Omi Ella aus: Ich kaufte ihr ein Hörbuch mit Erzählungen von Guy de Maupassant, und die Hilde etwas von Dostojewski.

Ich frug die Hilde, ob ich das Yüsslein über die Weihnachtsferien mit nach Ofenbach nehmen dürfe?
In der Türe rufe ich dann: „Ü-ber-ra-schung!"
„Dann bin ich aber ganz traurig wenn mein kleines Spielzeug weg ist!" sagte die Hilde, und ich wiederum meinte, wie dann nach ein paar Tagen ein erster Brief vom kleinen Yüsslein kommen würde, den ich dann mit seinem kleinen Händchen schreibe: „Liebe Mama, ich hoffe du bist nicht traurig, daß ich weg bin. Doch wir sehen uns ja im nächsten Jahrtausend wieder. Dein Yüsslein".

Nürnberg:
Die Veronika und ich besuchten den Christkindlmarkt, und die Veronika erzählte mir packende Geschichten vom Sohn des sowjetischen Cellisten P. einem jungen aufstrebenden Violinisten: Zuerst habe er mit ihrem Orchester das Sibelius-Konzert geprobt, und dann bekundete er plötzlich Interesse am ausgeschriebenen Konzertmeisterpöstchen.

Vor dem Orchester hielt er eine Rede darüber, daß er in einer schrecklichen Lebenskrise stüke, und daß man bitte Verständnis für ihn haben möge.

Zum Sibelius-Konzert kam´s dann nimmer, und es hieß er sei in ein Krankenhaus eingewiesen worden….

Die Veronika kaufte für ihre Eltern ein Früchtemännle das Violine spielt, und schließlich kehrten wir im evangelischen Lokal ein.

Ich erzählte von Hildes Mohren, der immer fröhlich sei: Morgens verlässt er fröhlich pfeifend das Haus um sich zur Arbeit zu begeben, und abends kehrt er fröhlich heim. Wenn Besuch kommt freut er sich immer sehr. Wenn neue Besucher kommen, dann freut er sich auf die Überraschung, die ein neuer Besuch in sich birgt, und wenn alte Bekannte kommen, dann freut er sich auch, weil er die schon gewöhnt ist.

Nur manchmal lässt er die Fäuste sprechen, sagte ich einfach.

Freitag, 17. Dezember
Nürnberg - Ofenbach

Bleich - grau

Erhoben um 9 Uhr 20:
Die Veronika stak in ihrem roten Schlafrock, und ich begann gleich loszufabulieren, daß es ein Segen sei, daß sich die Veronika immer so spät erhöbe. In

Kehl sei´s nämlich bereits in der Zeitung gestanden, daß man den Frauen allgemein empfiehlt, sich erst um 9 Uhr 20 zu erheben, da der Würger immer nur von 5 – 7 in der Frühe zuzuschlagen pflegt. Dann muß er wahrscheinlich auf die Arbeit, und abends ist er zu müd für sein frevelhaftes Treiben.

Was die Kehler Journalisten allerdings noch nicht wissen ist, daß der Würger sich vorgenommen hat, sich ins benachbarte Baden-Baden abzusetzen. Dann überlegt er es sich allerdings noch ein bißchen anders, und ruft seine Schwester, wohnhaft in Nürnberg, Kaulbachstraße 27, an: „Du, i hän ö Problem!" sagt er, „ich sehe dem Phantombild so verdammt ähnlich, und heute morgen hat mich die Bäckersfrau schon so komisch angeschaut! Es wäre besser, wenn ich eine Weile lang untertauche. Darf ich bis auf weiteres bei dir residieren, Schwesterherz?!"

Im wirklichen Leben hat bei uns der Briefträger geschellt. „Frau Himstedt, Post für Sie!" rief er fröhlich durch´s Treppenhaus.

Passau HBF gegen 17 Uhr:

Im matten Schein der Lampe dichtete ich an Bahnsteig 5. Einmal sprach mich ein sehr netter Herr mit braunen Röllchen auf dem Koppe an und frug, ob der Zug wohl schon durchgefahren sei? „60 Min. Verspätung" las man auf der Anzeigetafel, doch seit wann das da stand, wußte niemand so recht, und weit und breit war kein Zug zu sehen. „Ich glaub, der kommt erst!" sagte ich, da ich ja auch darauf wartete. Man freut sich als Reisender immer so sehr, wenn man einem Mitreisenden Mut machen darf, und das begleitende Lächeln bleibt sogar noch eine kurze Weile auf dem Gesicht stehen, bevor es verglimmt.

Abends in Ofenbach:

Grad wie in Amerika hatten fleißige Hände die Umrisse unseres Hauses mit Weihnachtslämpchen behängt.

Ich stand in der Dunkelheit auf der Terrasse, und schaute durchs Stubenfenster auf den Opa drauf, der im Lichtkegel der Lampe auf der Eckbank sitzend wie ein griechischer Gelehrter ausschaute.

Schockierendes erfuhr ich leider auch: Daß der Onkel Andi so krank gewesen sei (zehn Tage Spital!) (Diabetes!)

Ich machte mir schreckliche Sorgen um meinen geliebten Onkel, und ungute Gedanken zwängten sich mir aufdringlich ins Hirn: Ob Opas Wurf, so wie jener von der Esslinger Oma, wohl demnächst von hinten aufgerollt würd?

Die Tante Lisel glaubt, es läge daran, daß der Andi drei Monate lang ganz alleine war, und sich in dieser Zeit nur von Schokolade und Chips ernährt hat, während sie sich um ihr kleines Enkelchen Sabrina kümmern mußte. Ihre Schwiegertochter, obwohl erst 21 Jahre jung, lag sehr lange im Spital: Verfolgungswahn!

Samstag, 18. Dezember

Klatschender Regen

Ich nahm das kostbare Ölgemälde, das die Omi Mobbl mit einem leicht verdrossenen Ausdruck auf dem Gesicht zeigt von der Wand, hielt es vor meinen Kopf, und lief damit ganz langsam und schlurfend durchs Haus.

Dann sagte ich nicht frei von Untertönen: „Kommt die Gerswind?" um Mobblns Geist heraufzubeschwören.

Nach einer Weile kam der Opa, müd und mit federförmig abstehenden Glatzenvegetationsresten auf dem Haupt zum Frühstück, und ich erzählte, daß verstorbene Mütter dazu tendieren, wenigstens ihre jüngsten Kinder zu sich in den Himmel zu holen. Bloß über ihren Sohn Opa sagt die Esslinger-Oma im Jenseits: „Ach, den Kurt... Den wollen wir hier nicht haben – den alten Huster!"

Fahrt nach Wien:

Wir besuchten unsere alten Freunde André und Barbara, um deren Prämilleniumsbaby zu bestaunen. Von der Stiege aus, hat man´s bereits etwas blechern plärren hören.

Stolz hielt Vati André das kleine Bündel (*am 14.12.99) im Arm. Wir bestaunten das süße Baby, von dem es heißt, daß es gottlob nur selten plärrt und meist nur so vor sich hindämmert. Hernach begrüßten wir Mutti Barbara.

Man bat uns zum Tee ins dämmrige Wohnzimmer. Das kleine Baby gefiel Rehlein so sehr, daß Tränen der Rührung in ihre Augen stiegen. Ich aber beneidete weder die Barbara noch das Baby, weil ich die Barbara nicht so gern als Mutter hätte, auch wenn sie sehr nett stillte, und sogar Melkbewegungen vollführte, damit das Würm ordentlich was abbekäme, und übers Jahr groß und stark würde.

Der André sagte so entzückend: „Mir hom a Riesenfreud!"

Hernach liefen wir zum Naschmarkt, und ich fand, daß Ming Rehlein gegenüber so etwas grämlich Belehrendes ausströmte, so daß ich froh war, keinen Sohn zu haben. Wenn Rehlein beispielsweise einen Kauf vorschlug – z.B. ein Suppenhenderl, sagte Ming in fahrig-belehrender Ungeduld: „Du mußt selber entscheiden!" Ein Exote rief dauernd: „Bananabana-nabananabanana…."so daß es ganz klappernd klang, und man sich wie im Orient gefühlt hat.

Ich versuchte, das Teiben auf dem Naschmarkt lustig und bunt zu finden, solcherart, als befände man sich in einem Märchenbuch, aus dem man durch die Sinne vereinzelter Leseratten hervor-gesogen und betrachtet würde.

Aber eigentlich fühlte ich mich im verregneten Wien nur einsam, verloren und kalt.

Nach einer Weile schickten wir uns an, ein nettes Lokal zu suchen, und die Stimmung stieg.

Ich wurde fröhlich, weil mir ein paar Marktlücken eingefallen waren. Z.B. ein Caféhaus mit dem Namen „Café Regen": *Dort geht ein künstlicher, prasselnder Regen nieder, und man muß mit einem großen Regenschirm dasitzen. Doch es ist ganz warm, und die Atmosphäre einmalig. Ideal für Paare, die sich nichts zu sagen wissen, da der warme Regen so laut und lärmend prasselt.*

Beim Gang durch den Regen war Ming schon wieder ungeduldig mit Rehlein, bloß weil Rehlein angeregt hatte, zum Wiener Wald zu gehen. Ming wird derzeit leicht grantig, so wie der Onkel Ebi gegen die Omi, und sagt in humorfreiem Ernste, daß Rehlein *selber* initiativ werden müsse, und nicht immer nur fragend anklingen lässt, was man wohl tun *könnte*!

Doch nach einer Weile hatte es im sensiblen Ming gearbeitet, und Ming wurde wieder ganz entzückend. Und somit entwickelte sich eine beglückende Stimmung an unserem kleinen Tischlein im Café Diglas.

Wir bestellten uns Spinatstrüdel und unterhielten uns über alte Bekannte, und wie man vorsichtig in seiner Wortwahl sein müsse, da es passieren könne, daß der ein oder andere Bekannte stundenlang beleidigt ist…

Abends besuchten wir ein Konzert im goldenen Musikvereinssaal.

Ein russisches Orchester spielte Tschaikowski. Rehlein und ich saßen an einer etwas ungeschickten Stelle, von der aus wir nur auf ein paar Cellisten und Schlagzeuger draufschauen konnten – doch man braucht ja nicht unbedingt Musik in den Augen zu haben, wie in dem Aufsatz von Anne-Sophie Mutter „Farbe in den Ohren, Musik in den Augen".

Dies dachte ich, und ergab mich in mein Los.

Ich fand es so unglaublich nett, daß Ming uns diese Freude gemacht hat, und uns zu diesem Konzert einlud. Geboten wurde Tschaikowskis erste Symphonie, und auf der gegenüberliegenden Empore saß Tschaikowski selber und lauschte seinen eigenen Klängen in kritischem Bedacht. („Er **war** im Konzert! Ich HAB ihn doch gesehen!" sollte ich hernach multipel stur und unbelehrbar ausrufen.))

Aber wer liegt dann seit mehr als hundert Jahren auf dem Friedhof in St. Petersburg??

Auch eine interessante Idee, um Konzerte attraktiver zu machen – mitten im Publikum sitzt ein Schauspieler, der genauso ausschaut, wie der Komponist.

Nach der Darbietung ist er verschwunden.

In der Pause erfuhren wir von Ming, einem absoluten Experten in musikalischen Fragen, daß das Orchester zu sozialistisch und zu wenig mitreißend musiziert habe.

Etwas, das man selber nicht zu denken gewagt hatte, doch wenn Ming es sagt, so leuchtet es einem augenblicklich ein. „*Meine* Worte!" denkt man da.

Ich hatte mit Bewunderung auf den Beckenschläger draufgeschaut, der wie ein Apotheker aussah. Dies weil seine Arbeit zwar vielleicht nicht schwierig, so doch ungeheuer verantwortungssam ist. Schlägt er einmal falsch auf, so fliegt er sofort und ohne Erbarmen, weil es hunderte von Beckenschlägern gibt, die das ebenso gut können.

Nach der Pause wurde die Nußknackersuite gespielt, und hernach mußte man sich durch die Menschenmasse zur Garderobe quälen, wo unsere Mäntel noch immer klamm, feucht und kalt waren.

Ich frug mich, wieviel Menschen wohl herbeiströmen würden, wenn auf dem goldenen Plakat stünde:

Großes Radiosymphonie-Orchester Ostfriesland
Leitung: Ippe Jansen
?

Abends daheim beim Opa:

Der Opa sagte: „Das einzig Gewisse an der Zukunft ist das Ungewisse!" Und schüttete sich aus vor Lachen über diesen köstlichen Scherz.

Sonntag, 19. Dezember

Grau. Pünktchengeschniesl am Nachmittag.
Beim Joggen wurde ich leicht eingezuckert

Am Morgen lief ein Film über Anne-Sophie Mutter: „Ein Leben mit Beethoven". Starker Tobak dieser Titel, denn man glaubt kaum, daß Beethoven sehr erbaut über Anne-Sophie M.s Art wäre, seine Sonaten „von altem Staube zu befreien".

Geschlagene 60 Minuten lang wartet der Interessierte vergebens auf etwas Interessantes.

Die Anne-Sophie mit ihrer blondierten Schnittlauchfrisur erinnerte an eine Tagesschausprecherin.

Der Pianist, zwar nicht mehr jung, sah dennoch rosig und frisch aus – und beide wirkten beim gemeinsamen Musizieren „wie gebadet". Die Anne-Sophie in ihrem Kleid, schaut ohnedies aus „wie in ein kostbares Handtuch gehüllt", und es fehlt eigentlich nur noch ein aus einem Badetuch geformter Turban auf ihrem Haupt. Wie schon so oft wärmte sie die alte Geschichte auf, wie sie einst vor´m Karajan die Chaconne hat spielen müssen, und mir wurde ganz kribbelig zumute von dieser sattsam bekannten Anekdote, die ja eigentlich gar keine ist, da man nicht einmal schmunzeln muß.

Dann erzählte ein Geigenbauer aus Paris etwas über Geigen, der altersgedunsene Paul Sacher bellte irgendeinen Unsinn aus seinem Fett, dem man geistig kaum folgen konnte, und die Anne-Sophie selber erzählte etwas über die Entstehung der

Beethoven Sonaten, und die Worte erinnerten an die geschichtlichen Referate, die uns damals in Avignon über´s Händi in die Ohrmuschel hinein geträufelt wurden.

Irgendwie erinnerte mich der Film an eine Taufe, wo man gewaltsam eine Zeitspanne von 60 Minuten mit Irgendetwas füllen muß.

Nach dem Filmgenuß übte ich das Bruch-Konzert und fühlte mich die ganze Zeit an wie Anne-Sophie Mutter. D.h. ich spielte zwar gut, aber fremd, und nicht richtig genial, und sogar mein Gesicht fühlte sich so ernsthaft und bar jeglichen poetischen Humores an.

Allgemein freute man sich schon auf oder über den 4. Advent, zumal der agile Ming einen so schönen Adventskranz geflochten hatte.

Im Musikzimmer bestaunte ich Ming:

Ming war in Rehleins Fußstapfen getreten, und betätigte sich als Maler. „Du hast´s gut!" rief ich begeistert, „du kannst dich in Farben ausdrücken, und ich hab noch nicht einmal Farbe in den Ohren!"

In der Tat wurde mir plötzlich klar, daß ich Musik gar nicht in Farben, sondern eher in Beleuchtungs- und Stimmungsnuancen höre.

Die Linda saß derweil zusammengekauert auf Mobblns grünem Sorgenstuhl, und las die Spartips in ihrem neuen Vollwertbackbuch.

Wir feierten Advent, und der süße Opa sang seine alten Lieder, und ich bestaunte ihn durch Lindas Aug- und Ohren, weil ich stellvertretend für die Linda denken mußte, daß der Opa ja <u>doch</u> musikalisch sei.

Ich erzählte, wie ich in meinem ganzen Leben ausnahmslos jede Zeichnung mit einer Nase begonnen habe, und um dem entgegenzuwirken, stellten die Kunsterzieherinnen in Taiwan Aufgaben, die darauf hinzielten, daß ich nicht immer nur Menschen malen möge. Eines Tages stellten sie die Aufgabe, einen schönen Garten zu malen. Ich begann aber auch dieses Bild mit einer Nase, aus der sich bald ein Gärtner erwuchs, der sehr zentral in dem Bilde, und hinzu noch vor den Blumen stand, die man somit kaum sah.

Der Opa hat am Abend noch extra einen Bleistift gespitzt, um einen lustigen Spruch aufzuschreiben, der ihm in den Sinn getreten war:

**Und eines Tages geht auch der Tag
dieses Tages vorbei,
und damit auch des Geklages
klagende Klagerei**

Montag, 20. Dezember

Blassgrau – dünner Schnee

Rehlein mußte ganz viele Formulare ausfüllen, und dabei ist Rehlein doch so formulargeschädigt! Dann hat Rehlein auch noch den Opa beleidigt, weil der Opa auf lästige Art immer das Gleiche sagte. Nach einer Weile hörte Rehlein nicht mehr auf ihn.

Da sei der Opa grantig und beleidigt aufgestanden, um sich wieder zu einem vormittäglichen Umschlummer zu retirieren. Und obwohl man davon ausgehen durfte, daß es der Opa rasch wieder vergisst, tat´s Rehlein und mir nun in der Seele weh, und Rehlein nahm sich vor, ihn gleich, wenn er aufwacht zu fragen, ob er ihr wieder gut sei?

Ich fuhr in den Supermarkt, um die vielen Zutaten zu beschaffen, die das vollwertbackfreudige Lindalein brauchte, und Rehlein lachte darüber, und meinte, daß das Lindalein ja die reinsten Verdauungskekse backen würde.

Mittags freute ich mich sehr über die köstliche Suppe und erzählte, wie schön das für einen Obdachlosen sei, wenn eine heiße Suppe ausgeteilt wird.

Ich parodierte die fröhliche, genügsame Obdachlose, die ich dereinst vielleicht sein werde, und überlegte, wie ich sogar einen Werbevertrag für Tütensuppen angeboten bekomme: Mit leuchtenden Äuglein sage ich: „Wenn so eine schöne, dampfende Suppe vor mir steht, dann brauche ich keine Reichtümer, keine Macht und kein gar nichts! Dann bin ich der zufriedenste Mensch auf Erden!"

Ich joggte durch den Wald, und als ich jemanden schimmern sah, fühlte ich sogleich meine Leutscheu aufflammen und mein Bestreben, umzukehren.

Dann waren es jedoch Ming und Linda, die da durch den Wald raschelten! Der Linda bebten zwei

Tropfen an ihrem frischgeblasenen Nasengipfel, die ein bißchen im Patte schienen, ob sie nun festfrieren oder hinabtropfen sollten?

Als es dunkel wurde, kehrte Rehlein aus der Stadt zurück, und Lindas köstliche Lauchtorte war fertig geworden. In gelöster Stimmung saßen wir somit zu ungewohnter Zeit beieinander – zwischen fünf und sechs Uhr, und Rehlein las einen langen Weihnachtsbrief von der Tante Bea vor. Schelmisch schrieb die lustige Tante, ob es wohl *einen* Jahresrückblicksbrief gibt, in dem nicht zu lesen steht: „Wieder ist ein Jahr herum…"

Dienstag, 21. Dezember

Zarter Sonnenschein auf Puderzucker

Nachdem ich am Morgen neben mein Bett gewirbelt war, ruderte ich nach meinen Träumen, die sich mit Lichtgeschwindigkeit zu entfernen schienen, auch wenn es, einem feuchten, rasch eintrocknenden Flecke nicht unähnelnd, noch einen kleinen Nachhall gab, daß sie „interessant" gewesen seien.

Ich schnürte das Päckchen für die Omi zusammen. „Der lieben Omi mit herzlichem Gruße!" war ich soeben im Begriff zu schreiben, doch dann fiel mir ein, daß sich bei der Omi doch Hunderte von Postkarten befinden, wo die Schreibenden, im Bestreben dem verglimmenden Bündel Leben ein paar warme Worte via Postkarte zukommen zu lassen, nach den Grüßen alptraumsartig nicht mehr vom Fleck kommen, und auch jetzt tönte es aus allen Ecken aus dem Raum: „Einen Gruß auch von mir!" (Opa), und meine gefühlvolle Mama sagte: „Schreib liiiiiiiiibe Grüße von uns Allen!"

Plötzlich befiel mich stellvertretend für die Omi eine Art „Grußtorschlußpanik", und ich nahm mir vor, bei meinem nächsten Besuch in Grebenstein einen Aufruf von der Omi zu verschicken:

„Über Karten und Briefe aus aller Welt freue ich mich sehr! Nur von Grußbezeugungen bitte ich Abstand zu nehmen. Ich habe in den letzten Jahren so viele Grüße, sei´s in schriftlicher, oder über- mittelnder Form, erhalten, daß ich gar nicht mehr weiß wohin damit, und was ich überhaupt damit anfangen soll?!"

Inzwischen habe ich mich wieder an das Leben im Rudel gewöhnt, und vorallendingen wartet seit heute eine erfüllende Aufgabe auf mich:

Unser Weihnachtsgeschenk für Rehlein & Linda beginnt nämlich schon heut: „Beethoven zum Millenium" oder „Beethoven zu Kletzenbrot und Kerzenschein!" so könnte man den Zyklus nennen:

Bis zum 30. Dezember spielen Ming und ich in den Abendstunden täglich eine Beethoven-Sonate. Beginnend mit der ersten in D-Dur (op. 12/1).

Rehlein hatte mir erzählt, daß Buzens Schüler Heino demnächst Vater wird, und ich war doch gerade dabei, einen Weihnachtsbrief an Omi Gerdes zu verfassen, die womöglich noch gar nicht weiß, daß sie überhaupt Omi Gerdes heißt?

„Liebe Omi Gerdes! Sie wundern sich sicherlich, warum ich Sie wohl Omi G. nenne…" so ähnlich könnte der Brief doch wohl beginnen?

Natürlich könnte man unseren Sonatenzyklus auch: „Beethoven im Knoblauchnebel" nennen.

Rehlein schlug vor, daß wir doch heut mal Irmas Eiswein trinken könnten?

Ich stellte mir vor, *wie der Opa uns alle mit seiner Husterei unter die Erde gebracht hat. Zum Schluß ist niemand mehr da, und Opas Husten bessert sich so allmählich.*

Es ist Silvester.

Der Opa geht an den Schrank, holt den Eiswein von der Irma heraus, prostet sich im Spiegel selber zu und sagt: „Opa, ich wünsche Dir ein schönes neues Jahr! Weiterhin Gesundheit und Gottes reichen Segen!"

Abends begann dann der Beethoven-Zyklus. Zwischendrin mußte das Lindalein nach dem Apfelstrudel schauen, und Rehlein machte eine leicht kritische Bemerkung über eine Phrase, die nicht ganz geschmeidig geklungen habe.

„Etwas, was man dir ankreiden könnte!" sagte Rehlein in sachlichem Tonfall, „aber der Schwung ist ganz toll!"

(Sogar verschönt hatte ich mich für´s Vorspiel im Rahmen meiner Möglichkeiten. Mit Lippenstift und Ohrringen.)

Mittwoch, 22. Dezember

Sonnig & klar

Etwas gestresst turnte Rehlein in ihrem Nacht-fummel inmitten der Gutslesbäckerei in der Küche umher.

Ich widmete mich meiner neuen Aufgabe:

Der Beethoven-Sonate für den Abend.

Heute die Nummer zwo!

Der Opa schien zu Frühstücksbeginn etwas grämlich: „Ihr dürft bei Minus…Grad NIE !!! das Fenster aufmachen!" rief er zahnlos und belehrend in einem aus, und mir ist´s doch ein wenig bang um Rehleins Nerven!

Rehlein benahm sich aber großartig. D.h. als der Opa zum Rotzkonzert ins Bad schlurfte, warf sie ihm zwar eine Grimasse nach, doch als der Greis wiederkehrte sagte Rehlein so entwaffnend und entzückend: „Lass dir etwas sagen, Opalein:" – „Hää?" - „Ich hab nämlich schon ein Gedächtnis wie duuuu! Ich hab´s einfach vergessen!"

Dann wurden wir wieder lustig, und sprachen, wie schon so oft auf humorige Weise über Alter und Vergänglichkeit.

Der Opa wurde am gestrigen Sonntag 1081 Monate alt (im Grunde erschreckend wenig!) und Rehlein hatte ihn doch auf 42 000 Monate geschätzt!

Als sich die fleißige Linda mal an der Frühstückstafel zeigte, betrieben wir ein wenig Mathematik: Rehlein wollte unbedingt ausrechnen, um wieviel Prozent sie sich wohl verschätzt habe, und ich freute mich so, daß die Linda sieht, daß wir nicht immer nur ungefähr den selben moribunden Unsinn quatschen, sondern auch mal über etwas Geistiges, wie beispielsweise die Mathematik sprechen!

Ich sei ungeheuer begabt für Mathematik, rühmte mich das Lindalein in wärmsten Worten, und Rehlein wurde ganz stolz, und steuerte ihrerseits Reminiszenzen bei, wie Buz mir als Kleinkind das große Einmaleins beibrachte…

Zur Mittagsstund übte ich Beethovens vierte Sonate für übermorgen, und Rehlein lag dazu auf dem Boden und hielt die Füße auf den roten Gymnastikball gebettet, so daß es richtig lustig ausschaute: Ein roter Ball mit zwei steil aufgerichteten Ohren, die ausschauen wie Füße.

Ich dachte mir: Vielleicht sind heut alle so tierisch genervt, weil der Mond so nah an der Erde ist, wie seit 133 Jahren nicht mehr! (Eine Mondhellnis), und vielleicht fühlen wir uns deswegen komisch, weil wir alle vom Mond angesaugt werden, und gar nicht richtig auf der Erde haften wollen?

Vielleicht tut mir ein Trimmdich gut, überlegte ich, und joggte in rost-orangefarbenem Sonnenschein und sehr klarer Wetterlage.

Als ich zur Kappelle hinanjoggte, hob sich das Blau des Himmels so wunderbar klar vom Grün drumherum ab!

Im Mittagsmagazin hat man es bereits gehört: Monika Böttcher, eine Frau die ihre beiden Töchter umgebracht hat, und die Freveltat ihrem Mann in die Schuhe geschoben hatte, um für ihren Liebhaber frei zu sein, wurde erneut zu lebenslanger Haft verurteilt. Kurz nur war die Freude über den Freispruch. Damals, als er verkündet wurde, ahnte wohl keiner, daß es sich nur um eine geborgte Freiheit handelte, die schon wieder am Rieseln war.

Dieser Fall ging mir nun ein bißchen nahe, zumal sich mir der Gedanke aufdrängte, daß dies wohl kein schönes Weihnachtsfest für die arme Frau wird? Am ärgsten hat sie sich doch wohl selber bestraft – falls sie wirklich schuldig sein sollte - denn wie schön wäre es heute, zwei erwachsene Töchter zu haben, die Freundlichkeiten von sich geben, wie beispielsweise: „Mutti, du störst NIE!"

Warme und tröstliche Worte, die die Tante Irma zuweilen von ihren Töchtern zu hören bekommt, wenn sie am Telefon schüchtern sagt: „Hier spricht Mutti aus Kiel. Störe ich?"

Abends sprachen wir über die Omi, die blind, lahm und taub ist. Darüber hinaus sei die Omi jedoch ganz entzückend, meinte Rehlein nett und lachte erheitert bei der Idee, daß die Omi in ihrem kleinen Gärtchen wesentlich mehr geerntet habe, als der Opa in seinen 400 Hektar! Weil sie einfach ein größeres Knoffhoff habe!

Und der Opa lachte gutmütig mit.

Dann schauten wir „Das doppelte Lottchen", und hörten die Stimme von Erich Kästner, der über eine Erzieherin im Schülerlandheim sprach: ...."Sie hatte große Mühe, die vielen Kinder in den Stall...äh, das Heim zurückzutreiben!"

Über solche Späße, die ein moderner Mensch als lachhaft abtun würde, hat man früher Tränen gelacht! wußte Rehlein zu berichten, und ich saugte die Worte förmlich in mich auf, da ich Erinnerungen dieser Art so überaus interessant finde.

Donnerstag, 23. Dezember

Wunderschön sonnig, allerdings arscheskalt.
Verzuckert – und auf der „Hohen Wand"
meterhoch verschneit

Mittags gab´s eine Geheimnistuerei:
Ming & Linda hatten schon gespürt, daß Rehlein wegen des aufzustellenden Christbaums etwas nervös war, und wollten Rehlein damit überraschen, daß er plötzlich einfach im Zimmer steht. Ich wiederum sollte Rehlein ablenken, und in den Keller locken.

Groß war die Freud!

Fahrt auf die Hohe Wand (einen Berg am Horizont von Ofenbach).

Ich bestaunte Mings Fahrkünste. Wie er uns auf den rutschigen, steilen Straßen mit schmalen, unübersichtlichen Kurven auf die Hohe Wand fuhr, verdient uneingeschränkten Respekt.

(Worte wie aus der Rezension eines gemäßigten Musikkritikers)

Beim Aussteigen war´s ersteinmal unglaublich kalt, so daß man´s stehend kaum aushielt. Ming hatte drei Käsepumpernickel gerichtet, die saftig und köstlich schmeckten.

Animiert von den Schneemassen, durch die wir stapften, erzählte ich von dem Mammut, der bald geklont werden soll. Bloß sei er dann der Einzige seiner Art.

An einer Stelle wurde ein Gruppenfoto mit Ausflüglern im Schnee geschossen.

„Jetzt wurden wir Zeitzeugen eines eingefangenen Moments, der irgendwann einmal in einem alten Familienalbum klebt!" sagte ich fast pathetisch.

Wiener Neustadt am Abend:

Am Polizeipräsidium versuchte Ming das Auto in eine ganz enge Parklücke hineinzumanövrieren. Das Lindalein bat die Frau vor uns, ihr Auto ein Stückerl vorzufahren. Eifrig kam die Dame dieser Bitte nach, doch Mings geradezu überschwenglichen heißen

Dank hat sie nicht annehmen mögen, und eilte stattdessen schnell und kopfscheu wie eine Gams hinweg.

In der Fußgängerzone war´s zwar bitterkalt, aber so schön weihnachtlich geschmückt, daß man hoffen darf, daß sogar die Obdachlosen eine gewisse Weihnachtsfreude empfinden würden?

Dem Opa kaufte ich, so wie jedes Jahr einen aufklappbaren und wertvoll anzusehenden Kalender, damit er auch im Jahre 2000 gescheit disponieren kann.

Daheim saß der Opa im grünen Sorgenstuhl direkt vor dem Televisor, und schaute den „Fall für zwei". Rehlein bügelte. Zum ersten Mal kam mir der Opa so klein und verhuzzelt vor wie die Mutter von Buzens Spezi Peter B., die bei einem meiner Besuche einer eingeschrumpelten Kartoffel gleich ganz unauffällig vor dem Bildschirm saß, so daß wir sie erst nach Stunden bemerkt haben.

Ich fand unsere neue Form des Konzertierens so schön: Jeden Tag nur eine Beethoven-Sonate. Diesen Zyklus nannte ich: Das Langzeit-Kurzkonzert.

Abends spielten wir Beethovens dritte Sonate und auch der Opa saß dabei. Rehlein hat so süß mit geschlossenen Augen gelauscht, als nähme sie es ganz ernst, daß wir jeden Abend für sie arbeiten! Mehr noch: Als nähme sie es als wirkliches Geschenk.

Nach dem Kulturgenuss wurde Lindaleins köstlicher Apfelstrudel serviert.

Über die Lichter, mit denen unser Haus verziert war, scherzte der Opa beim Blick aus dem Fenster so entzückend: „Man sieht die Milchstraße so schön!"

Den edlen Kalender bekam der Opa ausnahmsweise schon jetzt geschenkt, und ich schrieb unter das heutige Datum „Heute", damit der Opa immer weiß, wann heute ist.

Die Linda war leider sehr müde geworden, und bekam einen ernsten Ausdruck ins Gesicht.

Freitag, 24. Dezember

Zart, herbe und lieblich.
Leicht verzuckert und sehr angenehm

Beim Frühstück sprachen wir über die Schwestern Janderl und Irene, die sich nach einem drei Jahre währenden bitteren Geschwisterzwist offenbar versöhnt haben. Bloß ein leiser Stachel steckt immer noch unausrupfbar zwischen ihnen, und Rehlein kann es so gut verstehen, weil es ihr mit dem Beätchen ähnlich geht. Als die Bea neulich so beschwingt, fast tirrlerierend gemailt hat:

„Hoffentlich mußt du den Opa nicht irgendwann wickeln?" hat es Rehlein einen Stich gegeben, grad <u>weil</u> es so unbeschwert tirrlerierend klang. Geschrieben von jemandem, der *keine* Ahnung hat!

Auch wenn der Opa Rehlein zuweilen auf die Nerven geht, hat Rehlein den Bügeltisch unbewußt doch in seiner Aura aufgestellt. Im Aurenbannkreis vom grünen Sorgenstuhl, der allerdings zu so früher Morgenstund´ noch leer war.

Der schöne große Weihnachtsbaum, der am Gipfelszipfel leicht eingeknickt wurde, da er für unser Zimmer offenbar zu lang ist, hat mich als unablässig übende Geigenspielerin ein wenig zum Fenster hin verschoben.

Beim Joggen:

Gegenüber vom Rosingerschen Bauernhof hielt ein längliches Auto an, in welchem die so entzückende Veterinärsgattin Frau Binder unter einer üppigen Fellhaube saß. Zweimal drückten wir uns ganz fest und nett, und dazwischen bewarfen wir uns mit Weihnachtswunschbezeugungen.

„Wir feiern heuer nur mit unseren Tieren!" erzählte Frau Binder, und es klang vom Inhaltlichen her auch nicht anders, als wenn der Dr. Bogad sagt: „Wir feiern im engsten Familienkreise!"

Wir begaben uns weiter fort, bestiegen den Kalgassenbuckel, und begrüßten den Spitzohrhund Artus, der mittlerweile etwas älter geworden ist. Und wenn er ein bißchen traurig ist, wie heut, so ziehen zwei Kummerfalten auf seiner Stirne auf.

Eine Jausenstund´ mit Stollen gab´s bei uns auch, und der Opa war süß und vergnügt, weil wir uns Klobürsten und Klopumpengeschichten erzählten.

Nicht eben alltägliche Themen, die ihn jedoch zu belustigen schienen.

Bald schon mußte ich mich wieder zum Üben retirieren.

„In meine Beethoven Sonate haben sich diverse Ungereimtheiten geschlichen!" wußte ich selbstkritisch zu berichten.

„Haa??" sagte der Opa.

Rehlein ist sehr traditionsbewußt:

An Heiligabend muß es Kartoffelsalat mit Würstchen geben, weil´s halt immer so war, und auch wenn Rehlein diese schlichte Mahlzeit zuzubereiten versteht wie niemand anderes auf der Welt, so dachte ich doch an Frau Kettler, die der Meinung ist, daß jedes Weihnachtsfest unbedingt *ganz anders* sein sollte als das vorhergehende, denn man hat ja nur ungefähr 85 Weihnachtsfeste, und wenn die alle gleich sein sollen?

Wir feierten los.

Der süße Opa hat eine Riesenfreud´ gehabt. Denn es war so unglaublich feierlich bei uns: Ming spielte Weihnachtslieder, und auf dem Flügel stand ein Kandelaber. Doch die Mobbl fehlte und fehlte und fehlte….

Samstag, 25. Dezember

Angenehm herb.
Jahresausklänglerisch und doch weihnachtlich

Rehlein wußte Schockierendes zu berichten:
In der Nacht war ein Reh von einem bisher un
bekannten Tier gerissen worden, und heute morgen
wurde die abscheulich zugerichtete Leiche von Ming
und Linda auf der Pferdekoppel entdeckt.

Durch das Musikzimmerfenster konnte man das so
grausam gestorbene Tier im Grase liegen sehen.

Fassungslos vor Mitgefühl für die Hinterbliebenen
standen einige Leute auf der Kalgasse und scharten
sich betreten um den aschfahlen Veterinär Herrn
Binder, der nurmehr den Tod feststellen konnte.

Hilflos tippte man auf einen Luchs oder Bären –
allerdings käme auch ein psychisch kranker, schwer
gestörter Hund oder Mensch in Frage, der diese so
unfaßbare Tat verübt hat.

Immer wieder wurde man von schmerzlichsten
Gedanken bewallt, daß dieses Reh, das so grausam in
der Weihnachtsnacht starb, Teil einer Familie
ist/war.

Als wir im Ashram saßen, und ein so wunder-
schönes, von Lindas zarter Hand bereitetes Weih-
nachtsfrühstück zu uns nahmen, konnte man von
oben die Kripobeamten agieren sehen, denen die
saure Aufgabe gestellt worden war, ein Täterprofil
zu erstellen.

Um zwölf Uhr spielte Anne-Sophie Mutter im Bayrischen Fernsehen Beethovens 4. Sonate, die wirklich exzellent, und durchgestylt bis ins Detail zu Gehör gebracht wurde. Wir staunten und konnten es kaum glauben, wie man auswendig so viele schwierige Werke so perfekt darbieten kann.

Ich frug mich wie und wo Anne-Sophie Mutter diesen wunderlichen Pianisten mit der vorgeschobenen Unterlippe wohl kennengelernt hat?

Vor meinem geistigen Augen *erschien die Schöne im Rahmen eines Fernsehinterviews. Der erzählende Kopf füllte den ganzen Bildschirm aus: „Sie werden lachen, aber wir lernten uns im Kurzzug zwischen Trochtelfingen und Pfaffenhofen kennen! Eisenbahnbekanntschaften sind, wie man weiß, die besten. Ich sagte: „Würden Die bitte Ihre Zigarre ausmachen? Wir befinden uns im Nichtraucherabteil!"*

„Oh, sorry!" rief der fremde Herr, ein Amerikaner, ganz zerknirscht aus, „I didn´t noticed that!" und drückte ganz schnell, geradezu rapide, seine qualmende Zigarre aus. Wenig später suchte er dann das Gespräch, indem er auf meinen Geigenkasten zeigte und frug: „Is this a guitar?" „No, that´s my violin!" und schon war man mittendrin in einem anregenden Gespräch, in dessen Folge ich dem Handlungsreisenden riet, sich zum Pianisten umschulen zu lassen…"

Am Nachmittag begaben wir uns auf den Weg nach Lanzenkirchen, um die Omi Mobbl auf dem Friedhof zu besuchen. Es herrschte eine geheimnisvolle Jahresausklangsstimmung, und Rehlein sah in ihrem schwarzen Fellmantel und dem gebogenen Spazierstock so weihnachtlich aus.

Die Linda hatte kalte Füße und auch mich schmerzten zwei Zehen solcherart wie Zähne, die gezogen werden sollten.

Die Weihnachtsfeier am Abend begann mit einer Ave-Verum Probe, und sogar der Opa sang mit.

Einmal lief er weg, so daß das sensible Rehlein bereits gemeint hat, er wäre vielleicht beleidigt? Doch der rührende Opa wollte nur den Fotoapparat holen, weil es so poetisch war, und die Mobbi sich so darüber gefreut hätt´. Der Opa vergaß immer, daß er schon geknipst hatte, und als wir dann die schönsten Weihnachtslieder sangen, hörte man den Film bereits geräuschvoll zurücksurren, obwohl er doch eigentlich noch ganz neu war.

„Bringst du den weg??“ bat der Opa Rehlein wiederholt, weil er es gar nicht erwarten konnte, das Geknipste endlich quadratisch umrahmt genießen zu dürfen.

Das Lindalein erzählte, daß Ric und Jenny bös zerstritten seien, weil der Ric seine Tagebuchnotizen, die er unter dem Pseudonym „Bill“ zu verfassen pflegt, und in denen leider wenig Schmeichelhaftes über das Jennilein zu lesen steht, einfach per Rundmail reihum geschickt hat.

„Ist die Jenny eigentlich ein netter Mensch? Ich habe da gar kein gutes Gefühl…“ schrieb er einfach, und setzte auf seinen 7. Sinn, von dem er doch gar nicht wissen kann, ob der überhaupt gut und taugsam ist!

Rehlein erzählte, wie ich mir als Kind einen Hund wünschte. Manchmal entdeckte Rehlein ein junges Hündchen unter meiner Bettdecke, das mir freundliche Menschen geschenkt hatten, und von dem ich gehofft hatte, ich könne es an der Erziehung vorbeischmuggeln, und ihn von Rehlein unbemerkt großziehen?

Sonntag, 26. Dezember

Grau – wie kurz vor einem Regengusse stehend,
und doch reizvoll

Oben im Ashram hatte Ming die Flugente, die bereits in jungen Jahren ihr Leben lassen mußte, mit Schinkenflicken zugenäht, und man muß ehrlich sagen, daß die Ente, so nackt und bloß auf dem Küchentische liegend, aussah wie das grausame Werk eines Frauenmörders.

Draußen war ein heftiger, geradezu unglaublicher Orkan ausgebrochen, und der Lärm der Naturgewalten erinnerte an die vorbeipeitschenden Autos auf der Autobahn, und hinzu war es ganz warm geworden.

Buz war herbeigereist, und der Opa hatte seinem Schwiegersohn ein Willkommensgedicht gemacht, das er uns freudig und zur großen allgemeinen Erheiterung vortrug:

Deine Vorfahren zupften bereits die Harfen,
als meine noch auf Bäume hüpften
und sich mit Eicheln bewarfen.
Der Orkan geisterte gar durch die Nachrichten.

Ich stellte mir vor, was der Opa alles noch aus sich machen könnte. Im Geiste schrieb ich einen Brief an alte Bekannte, und prahlte darin herum, was Rehlein & Opa alles so unternehmen: Sie gehen in Konzerte, ins Theater, ins Kino, in Café- und Teehäuser, besuchen edle Restaurants mit gedämpfter Musik und livrierten Kellnern, unternehmen Wanderungen in die Berge, Dampferfahrten auf der Donau, Kaffeefahrten durch den Wiener Wald, und im Dezember fliegen sie nach Florida um Onkel Dölein zu besuchen!

Montag, 27. Dezember

Grau und herbe. Ziemlich warm. Schneefrei

Dadurch, daß wir jetzt so viele sind (sechs an der Zahl), ist man beim Frühstückszubereiten wie gelähmt.

„Grüß Dich!" sagte Rehlein in einem etwas herben Tonfall, den sie zuweilen anschlägt, wenn sie kurz vorher gedacht hat, daß jetzt mal neue Saiten aufgezogen werden müssen, damit man´s endlich lernt! (?)

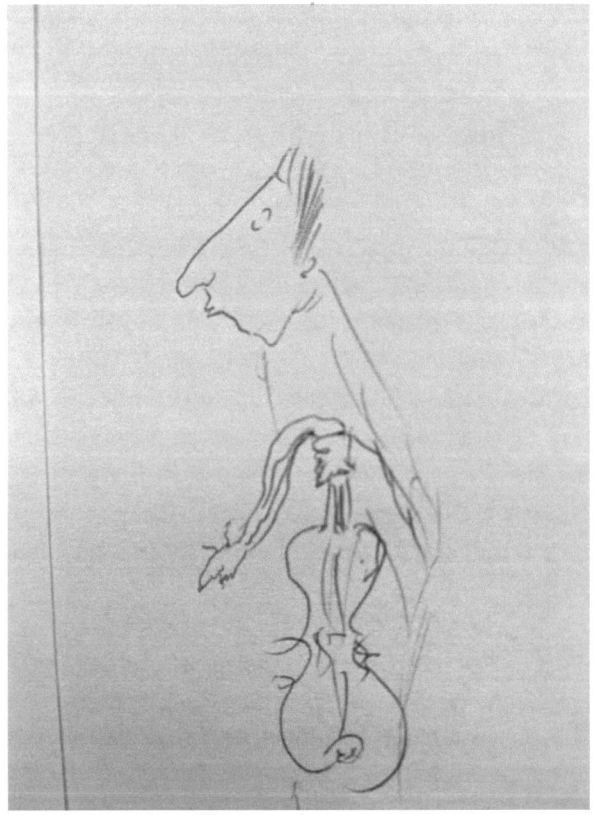

In Opas Aura sitzend schrieb ich einen Brief an Herrn Renz in Backnang, und verzierte ihm auch noch kunstvoll das Kuvert: Ich zeichnete einen Herrn, der eine watschelweiche Violine in der Hand hält, deren Hals schlapp herabhängt, so als sei´s eine gerupfte Gans! Da wird die Frau Renz vermutlich

Augen machen, daß ihr Mann solche Briefe von zarter Hand bekommt, und das kauft sie ihm doch nie und nimmer ab, daß das ein Geschäftsbrief sein soll??!

Ich als Übende fühlte mich wie ein Fräulein, das aus Stroh Gold spinnen soll, da Beethovens siebente Sonate bis zum Abend „sitzen" mußte, und noch zwickte das Werk einem schlecht sitzenden Kleide gleich an allen Ecken und Enden!

Buz saß da, kaute etwas geistesabwesend im Sekundentrakt so vor sich hin, und erinnerte mich von seiner Ausstrahlung her an eine träge aber konstant vor sich hintickende Wanduhr, und einmal, als sich zwischen Buz und Rehlein schon wieder ein leiser Zwist auszubreiten drohte, bekam das an sich herbe Wetter draußen so einen unglaublich warmen Beleuchtungsstich, als sei´s ein Zeichen Mobblns!

Einmal kam die Linda ins Zimmer und setzte sich in den Käfigschwingsessel. Die Linda litt zwillingsgemäß an verschiedenen Entscheidungsschwächen.
Sie möchte so gerne etwas machen, was ihr Spaß macht, aber sie weiß nicht *was* ihr Spaß macht.
Sie bäckt gerne Torten für die Familie, aber sie würde jetzt keine Bäckerei eröffnen wollen, und sie schuftet auch gerne im Garten, würde aber auch kein Leben als Gärtnerin beginnen wollen. Ihre jetzige Arbeit macht ihr nicht soo viel Spaß.

„*Ich* weiß, was mir Spaß macht!" sagte Rehlein und legte sich aufseufzend wohlig auf´s Canapée: „Den Opa noch recht lange zu erhalten, und von seiner Rente in Saus und Braus zu leben!"

Zu meiner unsäglichen Bestürzung erfuhr ich von Buzen, daß Herr Picker gestorben sei, und rief dort an. Wie man sich denken kann traf ich die so frisch verwitwete Frau Picker in einer äußerst unfrohen Stimmungslage an. Aus heiterem Himmel wurde ihr Mann, der ihr in all den Jahren zu einer lieben Gewohnheit geworden war, jäh aus dem Leben gerissen, und jetzt ist Frau Picker in dem großen Hause allein und kann´s nicht fassen!
Diese Stille und Leere plötzlich.
Herr Picker sei gestürzt, brach sich das Becken und mußte ins Spital, wo er eine Lungenentzündung bekam und starb. (Kaum 81 Jahre alt)

Dienstag, 28. Dezember

Bis zur Unkenntlichkeit sahnig verschneit.
Auf allem,
wie beispielsweise unserem Vogelhäuschen,
bildete sich eine hohe Schneehaube

Am Morgen wartete eine wetterliche Überraschung auf uns: Draußen war alles dick eingeschneit, und es schneite unablässig weiter.

Ich sandte meine Gedanken zu Frau Picker nach Linz, und sinnierte darüber nach, wie entsetzlich es sei, wenn man morgens aufsteht, und sich nach so vielen Ehejahren nunmehr ganz allein in der großen Wohnung befindet.

Buz im Sorgenstuhl las ein völlig vergilbtes altes Musikmagazin aus Mobblns Zeiten mit Christa Ludwig als Titeldame. Die „Mutter Beimer" des Gesangwesens ließ sich in einem Interview über die mangelnde Technik junger Sänger aus. Sie habe einen Meisterkurs gegeben, und sei ganz entsetzt von dem technischen Unvermögen gewesen, entnahm man dem Magazin. Etwas, wo man als junger Sänger ganz traurig werden könnte beim Lesen.

Rehlein schlief heute bis um elf Uhr zehn und schien hernach zu meiner großen Freude sehr gut gestimmt. Der häusliche Friede steht und geht mit Rehleins Grundstimmung.

Leider wurde mir meine Freude bald schon gedämpft, da Buz Rehlein nämlich eine Zecke aus ihrem Beinfleisch entfernte, und es handelte sich zu unserem Entsetzen um eine *rote* Zecke, so daß man jetzt leider damit rechnen muß, daß Rehlein eine Meningitis bekommt und stirbt?

So versuchte ich die verbliebene Zeit mit Rehlein *intensivst* zu genießen.

Eine Schülermutti Rehleins hatte einen ihrer spritzigen und witzigen Rundbriefe geschickt, und Rehlein in der Küche machte etwas demütigende

Worte darüber: „Das interessiert mich ehrlich gesagt üüüüüüüberhaupt nicht!" und dabei war sich die Schülermutti doch wahrscheinlich so sicher, mit ihrem frischen spritzigen Stil Rehleins Herz im Sturm zu erobern, und wähnte sich bereits als Rehleins beste Freundin! Davon zeugte auch der lange und übersprudelnde, handgeschriebene Teil auf der letzten Seite, in welchem Mutti T. vor Mitteilungsdrang geradezu überquoll.

Vielleicht hat sie das ganze Rundschreibespektakel letztendlich nur für Rehlein angezettelt?

Rehlein sandte mich aus, um in der Nachbarschaft ein Packerl Germ (Hefe) zu entlehnen. Ich lief zu Frau Vitzthum, die mir einen etwas verhuschten Eindruck machte. Im Spiegel an der Tür sah ich dann allerdings warum: Weil ich praktisch bis zur Unkenntlichkeit eingeschneit war. Und vielleicht rührte die verschreckte Ausstrahlung von Mutti Vitzthum daher?

Nachmittagsspaziergang mit dem Schlitten:

Buz sah mit seinem Milleniumsstirnband ganz putzig aus, und bald wurde er ungeduldig, weil man auf die Familie der Gegenpartei immer so lange warten muß, und sah vor dem Gatter von der Seite etwas hambumsch aus.

*Hambumsch? So wie der Onkel Hambum, wenn er etwas regentrübe gestimmt ist, und die Lippen zu einem Schmollmund aufplockert. (plockern? Selten zu lesendes Wort: Mischung aus plustern und lockern)

Buz vermeldete, daß das Licht im Bad kaputt sei, aber auf die Idee, eine neue Glühbirne einzuschrauben kam unser Familienoberhaupt leider nicht. Bloß mich durchglühte diese löbliche Idee, so daß ich mich darum bemühte.

Dadurch, daß ich mich immer so sehr darüber freue, wenn Rehlein – und sei´s nur kurz – stolz auf Buzen ist, wollte ich Buz dazu animieren, so zu tun, als habe *er* die Glühbirne eingeschraubt. Etwas, was nicht einmal ganz eine Lüge gewesen wäre, da´s die Gene Buzens in mit getan hatten. Buz ist aber zu stolz für so etwas, weil er seinen Stand als scharmfreier Hesse, für Außenstehende nur schwer nachvollziehbar, aufrechthalten möchte.

In Ofenbach sah es aus wie in Sapporo, und Ming, der von einem Einkauf zurückkehrte, war unten am Fuße der Kalgasse neben dem Gasthaus im Schneepürée stecken geblieben. Ächzend trugen Buz und ich einen Karton mit Einkäufen den Berg hinan.

Beim Geigeüben am Musikzimmerfenster stellte ich mir vor, *wie der Poppi auf seine wohltätige Art eine große Bescherungsfeier für Ofenbach plant: Er lädt alle Ofenbacher ein, und kauft ganze Spielzeugabteilungen leer. Für die Damen tolle Dessous, von denen sie bislang nicht einmal zu träumen wagten, für die Herren elegante Garderobe aus feinsten Tuch. Die Tannenbäume auf seinem Anwesen behängt er mit den schönsten Geschenken, und durch die Luft fliegt ein Helikopter mit dem Spruchband: „Poppis Bescherungsfete!" Für die alten und gehbehinderten Ofen-*

bächler mietet er eine große Kutsche mit zwei weißen Elchen,
und damit werden sie von livrierten Dienern daheim abgeholt.

Mittwoch, 29. Dezember

Üppig verschneit wie in Kanada.
Vormittags sonnig, dann Polarwetter,
und schließlich überzog sich der Himmel grau

Ich frühstückte mit Rehlein und Buzen und zunächst sprachen wir über den Onkel Ebi, von dem ich gemeint hatte, er sei vielleicht der ideale Mann für Rehlein?

„Oh nein!" sagte Rehlein und lachte bei der Vorstellung. Doch für das Beätchen wiederum sei er durchaus passend gewesen, und als die Tante in Amerika erfahren hatte, daß der Eberhard mittlerweile geschieden sei, da war sie so enttäuscht, warum Rehlein ihr das nicht früher geschrieben hat?

Rehlein erzählte, wie der Eberhard mal mit dem Uschilein in Tübingen lebte, und das damals höchst kontaktfreudige und familienbewusste Rehlein lud die beiden zu uns nach Germering ein.

Doch leider mußte der Eberhard den Besuch absagen, da das Uschilein grad unpässlich war…

Dann sprachen wir über den Prof. Hamann, und wie´s mit ihm und seiner Krankheit wohl weitergehen mag? Buz meinte, laut Hans-Hermanns fachkundiger Ferndiagnose habe er vielleicht noch ein halbes Jahr zu leben, und das brachte mich wieder auf die Sorgenschiene von Rehleins zu erwartender Meningitis.

Die größte Angst hat man natürlich immer, die Apothekerin, die man um Rat bittet, könne ausrufen: „Die kriegt sie! Hundertpro! Ne *rote* Zecke. Ich fass es nicht. Arme Frau. Machen Sie Ihr Testament!"

Historische Erinnerung vom Oktober 1994
Calw

„Die kriegöt sie. 100 pro!" rief eine Apothekerin schadenfroh aus, als wir ihr berichteten, daß bei der kleinen Daaje die Windpocken ausgebrochen seien.

Und so kam es auch....

Andererseits hat man aber natürlich auch Angst, den Dr. Bogad zwischen den Jahrtausenden zu molestieren, wo doch seine Frau auf die Patienten „speit", so wie Rehlein als Geigenlehrergattin auf Teile der Schülerbagage.

(„Wegen ner Zecke!!")

Oftmals saß ich beim Opa am Tisch, da ich den Opa in letzter Zeit wieder inniger liebe.

Heute war der Opa allerdings leider etwas versunken. Einmal freute er sich jedoch kurz auf, als ich etwas über die Versöhnungshalbwertzeit nach Schmähtiraden erzählte. Der Ausdruck „Schwein" beispielsweise sei wesentlich schwieriger zu verzeihen als „Gänserich".

In den Lüften lag, daß wir dringend den Kohlmeyers absagen müssten, denn der Opa will Omi Kohlmeyer nicht mehr um sich haben.

(Zu dumm und zu langweilig. Dafür ist ihm der überschaubare Rest des Lebens zu schad.) Doch Rehlein schob diese säuerliche Aufgabe, die unbedingt <u>heut</u> erledigt werden mußte, noch ein Weilchen vor sich her.

Ich dachte uns aus, *wie Rehlein am Telefon sagt: „Wir haben leider alle Halsschmerzen!" „Wir auch!" lacht Omi Kohlmeyer, „dou moucht ja nix wann ma kimmet!" Dann kommen sie und stecken uns mit Halsschmerzen an!*

Zugegeben: Eine Geschichte wie vom 7-jährigen Ingo B. ersonnen.

Rehlein fiel dazu gleich eine empörende Eichert-Geschichte ein: Wie der Eichert mit seiner Halsentzündung einst ihren lieben kleinen Ming abgeküsst hat.

„Ich frag mich, ob der Papa das überhaupt mitgekriegt hat!" frug sich Rehlein.

„Damals war der Papa noch sehr unreif!" sagte ich, und lachte bei der Vorstellung, daß Buz in jedem Raum, den er gerade betritt, derartige Gesprächs-fetzen erwarten, da er in eine Familie eingeheiratet hat, in der immer in der Vergangenheit herum-gestochert wird.

Ich hätte so gerne gewußt, wie Buz früher von seiner Mutti genannt wurde, doch man bekommt nichts Rechtes aus Buzen heraus, da er wahr-scheinlich schon damals auf hessische Art nicht so recht hingehört hat? Das Utelchen hieß jedenfalls meist „das Mädchen", und wenn die Omi auf der A-

Seite blühte, so hieß es „unser Mädchen" oder zuweilen gar „das gute Mädchen". Doch Buz?

Und wenn die Omi ganz auf der A-Seite blühte, so hieß das Utelchen: „Unser liebstes Utelchen!"

Rehlein war leicht geladen auf den Opa:

Der Opa nascht in der Nacht Rehleins frisch gebackene Gutsles hinweg, und bei Tisch schaut er mit einem seltsamen Futterneid auf Buzen, wenn der mal nach einem Gutsle greift!

Buz erteilte der Linda eine Violinlektion im Musikzimmer. Ich fand, daß das Zimmer leicht verfurzt roch, doch vielleicht bildete ich mir das nur ein? Ich bescherzte das Unterrichtsgespann damit, daß bald ein Furzesdichtemesser auf den Markt käme, und dann kann man die Furzschwaden in einem Raum genau messen. So manch einer glaubt wahrscheinlich, sein Zimmer sei unverfurzt, und wird sich noch wundern!

In der Probe erzählte ich Ming, wie Anne-Sophie Mutter in ihrem Film neulich gesagt habe, durch die Frühlings-Sonate bekäme man scheinbar den leichtesten Zugang zu Beethoven. Das Wörtchen „scheinbar" tönte sie ein, wie einst Gretchen Vollbeck in den Lausbubengeschichten „Cornelius Nepos ist ja sehr leicht, aber wenn du wirklich in die Quinta kommen solltest, so beginnen die Schwierigkeiten…", und hinzu so, als sei's als Wachrüttelung für all jene unter uns gedacht, die glauben, den Zugang zu Beethoven bereits gefunden zu haben.

Donnerstag, 30. Dezember

Verschneit. Grau violett bewölkt,
doch der Wolkenteppich wurde
hie und da aufgerupft.
Abends orangefarbene Beleuchtung

Unser Garten ist noch immer völlig eingeschneit, und am Himmel zeigten sich rosa Wolkenbänke. Es sah wunderschön aus. Den Opa hörte man in seiner Zimmernische: „Mobbi! Mobbi!" sagen, aber so im Morgengrauen, auch in Anbetracht des Tisches, wo der Opa seinen schönen Brei, den ihm Rehlein liebevollst gekocht hatte, einfach hat stehen lassen, so daß er unvorteilhaft aussehend vor sich hin-trocknete, liebte ich den Opa deutlich weniger als sonst. Ich dachte: „Jetzt sagt er: Mobbi. Mobbi! – Zu spät! Wem nützen seine Worte noch? Wäre er doch zu Lebzeiten netter zu Mobbln gewesen! Stattdessen gebrauchte er Vorkriegsmannesfloskeln wie beispielsweise: „Weib. Wann ißt man?"

Der Opa schlief noch, und im Grunde konnte man froh drum sein, denn ich bin dieser Vorbänge, ob sich der Opa in Buzens Aura vielleicht auf der B-Seite kantet und sich ein Familienzwist entlädt, überdrüssig geworden.

Frau Kettler hat mir mal erzählt, wie man sich nach den Clausthaler Familientagen, die man alle zwei Jahre über sich ergehen lassen muß, wohl so fühlt? Wenn man am letzten Tag endlich in seinem Eisenbahnabteil sitzt, verdrückt man vielleicht ein Tränchen und denkt: „Das tue ich mir nie wieder an!"

Wir freuten uns an dem Buch „Oase Lockenhaus" von Gidon Kremer. Doch wenn man es so liest, so könnte man meinen, der friedvolle Titel sei womöglich ironisch gemeint, da der Gidon doch dauernd mit hochexplosiven Künstlerpersönlichkeiten wie beispielsweise dem Psychopathen Alexander Rubinowicz zu tun hatte.

Buz war damit beschäftigt, den Schnee vom Garagendach abzuschippen, und arbeitete so emsig, daß er davon ganz rote Wangen bekommen hatte.

Einmal sagte er so süß: „Ich fühle mich wie ein Brotbäcker!"

Sogar Rehlein freute sich an ihm, und nahm sich vor, ihn in Zukunft vielleicht öfters mal für einfache Arbeiten einzusetzen?

Ich überlegte, wie es wohl gekommen wäre, wenn ich den Jörg geheiratet hätte? Im Winter fährt er Schi und Snowbord, im Sommer sörft er, im Herbst geht er vielleicht auf die Jagd, und im Frühling fliegt er mit dem Drachen durch die Lüfte? Für keine Jahreszeit wäre ich somit als Ehefrau taugsam für ihn.

Von der Linda weiß man nicht, ob sie womöglich noch eine Uroma hat, da es ja sein könnte, daß die Omi Ägypten (heut zirka 73 Jahre alt) irgendwo in einem Altersheim noch eine alte Mutter sitzen hat, mit der sie seit zwanzig Jahren kein Wort mehr spricht? Derartiges kommt in dieser Familie leider öfters vor.

Freitag, 31. Dezember

Üppig verschneit. Sonnenschein.
Auf der Rax graumeliert bis schön

Man fasst es nicht: Der letzte Tag des Jahrtausends hub an, und ich bin bis zum Bersten befüllt mit Vorsätzen! Früher sah ich mich in Gedanken zuweilen schon als reife 37-jährige Frau an der Schwelle zum neuen Jahrtausend stehen, und es schien mir so fern, wie's mir heute scheint, mich im Rahmen der Ewigkeit „demnächst" als Sahnehaupt verglimmen zu sehen!

Fahrt auf die Rax. (Einen Berg am Horizont von Ofenbach)
Zunächst dachte ich: Ein schönes Gefühl, sich endlich aus Opas, Buzen gegenüber leicht explosiven Aura zu entfernen, doch dann meldete sich auch schon wieder mein OCD-Leiden* zu Wort, und spielte mir grässliche Bilder ein, wie unsere unabgeschalteten Herdplatten röter und röter

werden. Sie fangen an zu glühen, schließlich zu dampfen, der Dampf züngelt nach dem Öl, und der alte Mann ist ganz allein zuhaus! Und so konnte ich die Reise nicht ganz genießen.

*OCD: (Obsessive compulsive disorder) Wahnblasenbildungen im Kopf eines nervösen Naturells

Komischerweise dünnen die Sorgenstränge etwas aus, je weiter man sich von daheim entfernt. Ein bißchen solcherart, wie im Hit „Über den Wolken" beschrieben.

Ich freute mich sehr darüber, daß Buz so unendlich viel unkomplizierter ist als der Opa: Mit Buzen kann man in ein Lokal gehen, wo vielleicht auch geraucht wird, und er durchforstet die Speisekarte auch nicht nach Rechtscheibrungs-vehlern!

Eine Weile lang lief ich neben Rehlein her, und liebte Rehlein unglaublich. Verbindend sprachen wir über die langweiligsten Abende unseres Daseins.

Entsetzliche Abende hat Rehlein im Laufe ihres mittlerweile 60-jährigen Lebens schließlich zuhauf erlebt! Am Schlimmsten seien jene gewesen, wo den ganzen Abend lang nur über Detaché* gesprochen wurde, und Rehlein hätte doch immer so gern das ein oder andere Anekdötchen über ihre Kinder einfließen lassen!

*Strichart auf der Violine

Leider wurde es Rehlein am Abend plötzlich ganz schlecht! Ich machte mir die schlimmsten Sorgen, denn immer, wenn man Rehlein frug, ob´s ihr schon besser ginge, hieß es: „Nein! Leider noch nicht.“

Zunächst lag Rehlein auf dem Canapée im Musikzimmer, und sogar der besorgte Opa wackelte herbei. Selbst der stets zum Optimismus neigende Buz sagte Dinge wie: „Der Eri geht es gar nicht gut!“ Für meine Ohren aber klang´s, als sage er: „Mit der Eri geht´s nun wohl auch bald zu Ende!“

Abends saß Rehlein dann allerdings wieder im grünen Sorgenstuhle als sei nichts gewesen.

Nach einer Weile liefen wir hinaus in den Schnee, wo schon eifrig geböllert wurde. An jenem Gatter der „Tanzbar Erika“ hinter dem der Artus lebt, schaute ich auf die Uhr. Doch es war bereits 0 Uhr 1.

Der magische Moment des Jahrtausendwechsels war unbemerkt vorbeigezogen.

Auf dem verschneiten Felde in freier Natur bebusselte ich mich mit meinen Liebsten Rehlein, Buz, Opa, Lindalein und Ming innig und multipel!

Wir liebten uns unglaublich!

Personenverzeichnis:

Abraham, Frau, historische Gestalt in Grebenstein. (Eckdaten unbekannt.) Eine Dame die in dem gleichen prachtvollen Fachwerkbau lebte, wie einst die Omi. Sie verstand sich drauf, die Zukunft verherzusagen, so daß sie von den Frauen aus Grebenstein, die Gewissheit wünschten, ob ihr Mann nun fremdgeht oder nicht, regelrecht bestürmt wurde?

Amalia, junge rumänische Pianistin in Trossingen (*1974)

Andi, Onkel mütterlicherseits in Blankenfelde (*1949)

Artus, Spitzohrhund in Ofenbach (*1997)

Babette, Omis Helferin in Grebenstein (*um 1965)

Barcaba, Peter, (*1947) Spezi Buzens, Komponist & Pianist

Bea (Beätchen), (*1943) Tante mütterlicherseits in Kalifornien

Binder, Herr und Frau, (*1935 und 1944) Veterinärseheleute in Ofenbach (aus Siebenbürgen stammend).

Birken, Veronika, ehem. Schülerin Buzens in Australien (*um 1945)

Bloser, Herr, (*1947) mein Klavierlehrer in Trossingen

Bogad, Dr., Hausarzt in Ofenbach (*um 1958)

Buz, (*1938) unser Vater

Christiane, Hausfrau und Mutti in Aurich (*1966)

Christoph, (*1963) der Neue an der Seite meiner Freundin Katharina im Schwabenland

Daaje, (*1994) Töchterlein von Mings Exfreundin Gerswind

Dölein, (*1936) Lieblingsonkel in Amerika

Eberhard, (*1947) Onkel väterlicherseits in Berlin

Edith, (*1942) Nachbarin in Grebenstein

Elisabeth(chen), (*1976) Tochter von unserem Onkel Hambum in Münster

Ella, (*1913) Omi väterlicherseits

Esslinger-Oma, (1882-1960) Opas Mutti in Esslingen (wie ja der Name schon sagt)

Eva, (*1961) Freundin in Trossingen

Evchen, (*1959) junge Arbeitskollegin von der Omi

Flora, (*um 1989) Lappohrhund von Rehleins Kusine Irene in Ofenbach

Fritzi, (um 1971) Ehemann von Mings Exe Gerswind

George, (*1935) Ehemann von Mings Exe Insa

Gerswind, (*1964) uneheliche Exe Mings

Hagi, (1940 – 1960) Rehleins jung verstorbener Bruder

Haken, Rudolf, (*1965) hochtalentierter Musiker aus Amerika

Hamann, (*1935) Professor in Trossingen

Hans-Hermann, (*um 1949) lieber Freund in Leer. Apotheker von Beruf

Heike, Herr, (*1933) Komponist und lieber Freund

Hikaru, Trompetenstudent und Flurnachbar in Trossingen (Geburtsjahr unbekannt)

Hilde, (*1964) Exe Buzens

Himstedt, Eheleute, (*1913/1924) Eltern von meiner lieben Freundin Veronika

Hubert, (*1961) Ehemann von meiner Freundin Ute

Ilslein (Ilse), (1913 – 1996) Opas Kusine in Ofenbach

Irene, (*1944) Rehleins Kusine dritten Grades in Ofenbach. (Die Großmütter waren Schwestern)

Irma, (*1937) Witwe von Opas Bruder Otto in Kiel

Israel, Hänschen, jüngst verstorbener Gastwirt in Grebenstein

Jenny, (*1975) zweite Tochter von der Tante Bea in Amerika

Jesse, (*1946) zweiter Mann von der Tante Bea in Amerika

Johann, (*um 1965) Familienoberhaupt einer kleinen Familie in Aurich

Johanna, (*1986) Töchterlein von Rehleins Kusine Irene in Ofenbach

Johannes, (*1993) Mein Patenkind. Sohn von unserem besten Freund Heiko

Jörg, (*1964) unser Dentist in Aurich

Katharina, (*1959) Freundin im Schwabenland

Kebap, Prof., (Spitzname) Professor in Trossingen (*um 1953)

Kettler, Frau, (*1947) Telefonfreundin aus Basel

Kionczyk, Frau, (*1919) Mutter von der Edith in Grebenstein

Linda(lein), (*1973) älteste Tochter von unserer Tante Bea in Kalifornien

Liscl, (*1932) Frau von unserem Onkel Andi in Brandenburg

Maika, (*1995) älteste Tochter von unserem Vetter Friedel

Margarethe, (*1970) Freundin in Karlsruhe

Marie, Tante, (1908 - 1998) Buzens jüngst verstorbene Tante

Ming, (*1964) mein Bruder

Mireille, (*1966) liebe Freundin aus Kindertagen in Frankfurt

Mobbl, Omi, (1910 - 1999) Omi mütterlicherseits

Moser, Annerose, Schriftstellerin in Wiener Neustadt

Nicole, (*um 1971) Studentin Buzens

Nicko, (*1957) Spezi und Student Buzens

Nora, (um 1963) ehem. Studentin Buzens

Noth, Herr, Professor in Trossingen (Geburtsjahr unbekannt)

Paulette, (*1962) ehem. Schülerin Buzens

Petra, (*1971) Studentin Buzens

Picker, Eheleute, Ehepaar aus Linz (*1918/1932)

Poppi, (*1943) wohltätiger Nachbar in Ofenbach

Radax, (*um 1936) mein ehemaliger Dorfschullehrer in Ofenbach

Rainer, (*1934) Rehleins Bruder in Toronto

Rasinger, Frau, (1936 – 1996) früh verstorbene Bauersfrau in Ofenbach

Rehlein, (*1939) unsere Mutter

Reichmanns, schwäbisches Ehepaar, daß ich in Trossingen beim Spazierengehen kennengelernt habe. Hans und Melanie (*1928/1930)

Reimers, Rektoreneheleute in Trossingen (*1941/1942)

Reimich, Frau, (*1958) Reinmachefee in Grebenstein

Ric, (*1945) ägyptischer Exmann von unserer Tante Bea in Amerika

Rosalie, (*1999) Töchterlein von meiner Freundin Ute B. in Rottweil

Schipfler, Christa, (*1948) Bibliotheksdame in Ofenbach

Schulze, Frau, (*1938) Dame in Rehleins Teezirkel in Aurich

Turner, Familie, Gastwirtsfamilie in Ofenbach

Tobi(si)as, (*1971) Schwiegerstudent Buzens. Liiert mit seiner Studentin Petra

Tone, (*1962) lieber Freund in Leer/Ostfriesland

Uhlenbrock, Dozent an der Kassler Musikakademie

Uschilein, (*1946) Exe von unserem Onkel Eberhard

Uta (Utelchen)

Ute B., (*1966) liebe Freundin in Rottweil. Ehem. Studentin Buzens

Ute M., (*1963) liebe Freundin in Herrenberg, Baden Würtemberg

Waldemeyer, Herr, (*1922) lieber Freund und Nachbar in Aurich

Veronika, (*1945) unsere beste Freundin in Nürnberg

Vitzthums, Eheleute in Ofenbach (*1936/1957)

Xie, (*1957) ehem. Kommilitone aus China. Sänger

Zimmermann, Heinz-Werner, (*1930) Tondichter in Oberursel. Alter Freund von Omi Mobbl

Weiter geht´s im nächsten Band:
Erscheint am 20. Dezember 2021….